感悟一生的故事

U0586454

寓言 故事

曹金洪　编著

北方妇女儿童出版社

·长春·

版权所有　侵权必究

图书在版编目（CIP）数据

寓言故事 / 曹金洪编著 . —— 长春：北方妇女儿童出版社，2010.6（2024.3重印）

（感悟一生的故事）

ISBN 978-7-5385-4658-3

Ⅰ. ①寓… Ⅱ. ①曹… Ⅲ. ①故事 – 作品集 – 世界 Ⅳ. ①I14

中国版本图书馆CIP数据核字(2010)第083507号

寓言故事
YUYAN GUSHI

出 版 人	师晓晖
策 划 人	陶　然
责任编辑	于　潇　刘聪聪
开　　本	710mm×1000mm　1/16
印　　张	11.5
字　　数	200千字
版　　次	2010年6月第1版
印　　次	2024年3月第6次印刷
印　　刷	旭辉印务（天津）有限公司
出　　版	北方妇女儿童出版社
发　　行	北方妇女儿童出版社
地　　址	长春市福祉大路5788号
电　　话	总编办：0431-81629600

定　　价　49.80元

前言

　　是浮华的风带不走燥热的怅然，是盲动的雷也震不醒驿动的灵魂。这世间的一切，太多的幻想，太多的浮华，太多的……只有呼吸着的每一天，才感受到她的价值，她的真实。此刻，生命对于我们来说，只有一次，可以把握，可以珍惜。

　　于万千红尘中，我们不停地奔波着，劳碌着，快乐着也痛苦着，其目的就是为着生活，为着活着的质量。是血浓于水的亲情带着我们赤裸裸地来到这个尘世，当我们响亮的第一次啼哭，带给父母这一辈子最动听的音乐的同时，我们便与亲情紧密相连，永不可分了。也许前行的路荆棘丛生，也许前行的路坑坑洼洼，也许前行的路一马平川，但我们只要带着亲人们真切的惦念，带着亲人们殷殷的祈盼，就不会迷失前进的方向，就不会沉沦于泥潭沼泽里而不能自拔。

　　历经人生沧桑时，或许有种失落感，或许感到形单影只，这时，总会有一种朋友，无须形影相随，无须感天动地，无须多言，便心灵交汇，又能获得心灵的慰藉；在饱受风霜时，总会有一种朋友，无须大肆渲染，无须礼尚往来，无须唯美的表达方式，就能深深地感受到一种力量与信心，就能驱动前行的脚步。朋友无须多而在于精，友情也不必锦上添花，而在于雪中送炭。

　　童话故事里，我们经常看到王子吻醒了沉睡的公主，或是公主吻到中了魔法的青蛙，便可以幸福地结合在一起，永不分开。 在这世上，也许有一份真爱可以彼此刻骨铭心到地老天荒，也许有一种真情彼此生死相依到海枯石烂。而这份真情、这份真爱却因世事的沧桑而深入到人们的骨子里，成为人们心中永恒的痛。

　　爱，有时，真的就是一种感觉，一种魂牵梦萦的感觉；有时，真的就是一种意境，一种心手相携的意境；有时，又会是一种情怀，一种两情相悦的情怀……

也许，真的如他人所说吧，亲情、友情、爱情，抑或其他值得珍惜的情谊，只是一种修为。所有的绝美，也许应该有一个绝美的演绎过程。我们所能做的，就只有把这种"永存"记录下来，让更多人从中获得感悟，获得启迪。

岁月如歌，有一些智慧启发我们的思想；有一些感悟陪伴我们的成长；有一些亲情温暖我们的心房；有一些哲理让我们终生受益；有一些经历让我们心怀感恩……还有一些故事更让我们信心百倍，前进不止。一个个经典的小故事，是灵魂的重铸，是生命的解构，是情感的宣泄，是生机的鸟瞰，是探索的畅想。

这套丛书经过精心筛选，分别从不同角度，用故事记录了人生历程中的绝美演绎。

本套丛书共20本，包括成长故事、励志故事、哲理故事、推理故事、感恩故事、心态故事、青春故事、智慧故事、人格故事、爱情故事、寓言故事、爱心故事、美德故事、真情故事、感恩老师、感悟友情、感悟母爱、感悟父爱、感悟生活、感悟生命，每册书选编了最有价值的文章。读之，如一缕春风，沁人心脾。这些可贵的精神食粮，或许能指引着我们感悟"真""善""美"的真正内涵，守住内心的一份恬静。

通过这套丛书，我们不求每个人都幸福，但求每个人都明白自己在生活。在明白生命的价值后，才能够在经历无数挫折后依然能坦然地生活！

目录
Contents

望洋兴叹

🐛 飞蛾扑火

一鸣惊人

不做任何举动并不代表无所作为，而是在等待最佳的时机。在合适的时机做事情会起到事半功倍的效果。

涸辙之鱼

靖 翠

　　庄子家已经贫穷到揭不开锅的地步了，无奈之下，只好硬着头皮到监理河道的官吏家去借粮。

　　监河侯见庄子登门求助，爽快地答应借粮。他说："可以，待我收到租税后，马上借你300两银子。"

　　庄子听罢转喜为怒，脸都气得变了色。他愤然地对监河侯说："我昨天赶路到府上来时，半路突听呼救声。环顾四周不见人影，再观察周围，原来是在干涸的车辙里躺着一条鲫鱼。"

　　庄子叹了口气接着说："它见到我，像遇见救星般向我求救。据称，这条鲫鱼原住东海，不幸沦落车辙里，无力自拔，眼看快要干死了。请求路人给点水，救救性命。"

　　监河侯听了庄子的话后，问他是否给了水救助鲫鱼。

　　庄子白了监河侯一眼，冷冷地说："我说可以，等我到南方，劝说吴王和越王，请他们把西江的水引到你这儿来，把你接回东海老家去罢！"

　　监河侯听傻了眼，对庄子的救助方法感到十分荒唐："那怎么行呢？"

"是呀，鲫鱼听了我的主意，当即气得睁大了眼，说眼下断了水，没有安身之处，只需几桶水就能解困，你说的所谓引水全是空话大话，不等把水引来，我早就成了鱼市上的鱼干啦！"

心灵 寄语

远水解不了近渴，这是常识。这篇寓言揭露了监河侯假大方、真吝啬的伪善面目，讽刺了说大话、讲空话、不解决实际问题之人的惯用伎俩。老实人的态度是少说空话，多办实事。

鹰和狐狸

佚 名

有一天，一个人从田野里逮到了一只鹰，回到家里后，就剪短了鹰的翅膀，并把它囚禁在庭院里，跟自家的家禽家畜一起喂养。鹰难过极了，让它过这种日子简直是对它孤傲品性的侮辱，可是没有办法，它的翅膀已经被现在的主人剪短了，再也不能像以前一样飞向蓝天了，于是它每天都垂头丧气，没有一点儿精神，甚至拒绝吃主人送来的食物。这个失去自由的鹰，整天一副高傲的、宁死不屈的神态，活像一个被俘虏的君王。

过了不久，主人的一个朋友来访，看见了这只被剪短翅膀的鹰，就毫不犹豫地把它买下了。主人问朋友买这只鹰有什么用处，朋友笑而不答。朋友把这只鹰带回家之后，并没有像原先的主人一样把它囚禁起来，但是鹰已经失去了飞翔的能力，即使不囚禁它，它也无法逃脱，每日依旧无精打采。

接下来的事情让这只鹰感到非常奇怪，它的第二个主人撩起它那些被剪短翅膀的羽毛，并且在上面涂了一些药，边涂边感叹："他真不应该这样对待一只鹰！"鹰被主人的善良感动了。

几天之后，在主人的精心照顾下，鹰的翅膀又像从前一样有力了，鹰振翅而起，飞向高空。鹰这下又恢复了往日的雄姿，但它没有忘记它那好心的主人，每天都抓一只野兔送给他。

心灵寄语

　　狐狸就是狐狸，参透了人间百态。君子心胸坦荡，小人心胸狭隘，睚眦必报。

林回弃璧

恨 雁

春秋时期，由于鲁国统治集团的内部斗争，孔子两次被驱逐出鲁国。

他就到宋国去游说宋国的君王，但是却无意中得罪了宋国的大司马桓魋。桓魋对他的礼、诗等都很反对，但是宋王却十分欣赏，这使桓魋恼羞成怒，经常想尽办法羞辱他。

有一次，他在一棵大树下给弟子讲学。听说桓魋要暗杀他，于是急忙带领着自己的弟子逃离了宋国。

在他离开后，桓魋派兵赶来杀他。见他已经离开了宋国，桓魋一气之下就把那棵大树砍掉了。

孔子又逃到了卫国，见到卫国一片荒凉的情景，于是就上书卫王，给卫国百姓做点事情，但是却被朝中的权臣陷害，在匡地被拘捕起来。后来他设法跑掉，再也不去卫国做官了。

他到陈国、蔡国，被围困了七天七夜，断炊绝粮，他和他的弟子们差点被饿死。

孔子对自己的不幸遭遇，早有准备，并无怨言。但是让他很不理解的是在经历磨难时，竟然无人相救，世态炎凉，人情淡薄，让他感到寒心。

当时，子桑户、孟之反、子琴张三个人是好朋友，被称为"莫逆之交"。孔子想他们一定深知交友之道，于是他就问子桑户："我经历一系列磨难时，发现亲友们都越来越疏远我，弟子们离我而去的也越来越多，这是什么道理呢？"

子桑户就给孔子讲了"林回弃璧"的故事：

贤士林回放弃价值千金的玉璧，背起初生的婴儿急忙逃跑。

有人问他说："你是为了钱吗？初生的婴儿很不值钱。你是为了减轻拖累才放弃玉璧吗？初生的婴儿是个大累赘啊。可是你放弃价值千金的玉璧，却背着初生的婴儿逃跑，这是为什么呢？"

林回说："那玉璧只是和我的钱财有关，这个初生的婴儿与我是骨肉亲情相关哪！"

心灵 寄语

用金钱利欲结成的关系是暂时的，不能经受患难的考验；人与人之间的亲情友谊，才是长久和永恒的。

一鸣惊人

雅 青

　　春秋时期，楚国的储君也就是楚庄王登基后，为了观察朝野的动态，也为了让别国对他放松警惕，当政三年以来，没有发布一项政令，在处理朝政方面没有任何作为，朝廷百官都为楚国的前途担忧。

　　楚庄王不理政务，每天不是出宫打猎游玩，就是在后宫里和妃子们喝酒取乐，并且不允许任何人劝谏，他通令全国："有敢于劝谏的人，就处以死罪！"

　　楚国主管军政的官职是右司马。当时，有一个担任右司马官职的人，看到天下大国争霸的形势对楚国很不利，他就想劝谏楚庄王放弃荒诞的生活，励精图治，使楚国成为继齐桓公、晋文公之后的诸侯霸主。然而，他又不敢触犯楚庄王的禁令去直接劝谏，但他绞尽脑汁也没有想出使楚庄王清醒过来的办法。

　　有一天，他看见楚庄王和妃子们做猜谜游戏，楚庄王玩得十分高兴。他灵机一动，决定用猜谜语的办法，在游戏欢乐中暗示楚庄王。

　　第二天上朝，楚庄王还是一言不发，这位右司马陪侍在旁。就在楚庄王准备宣布退朝的时候，他给楚庄王出了个谜语，说："奏王上，臣在南方时，见到过一种鸟，它落在南方的土岗上，三年不展翅、不飞翔，也不鸣叫，沉默无声，这只鸟叫什么名呢？"

楚庄王知道右司马是在暗示自己，就说："三年不展翅，是在生长羽翼；不飞翔、不鸣叫，是在观察民众的态度。虽然没飞翔，可是一旦飞翔起来就能高冲云天；虽然没鸣叫，可是一旦鸣叫起来，那声音一定惊人。我知道你的意思了。"

楚庄王看到大臣们要求富国强兵的心情十分迫切，觉得自己整顿朝纲，重振君威的时机已经到来。半个月以后，楚庄王上朝，亲自处理政务，废除十项不利于楚国发展的刑法，兴办了九项有利于楚国发展的事业，诛杀了五个贪赃枉法的大臣，起用了六位有才干的读书人当官参政，把楚国治理得井井有条。

国内政局好转，于是便发兵讨伐齐国，在徐州战败了齐国。又出兵讨伐晋国，在河雍地区，同晋军交战，楚军取得胜利。

最后，楚国代替了齐、晋两国，成为天下诸侯的霸主。

心灵 寄语

不做任何举动有时并不代表无所作为，而是在等待最佳的时机。在合适的时机做合适的事情会起到事半功倍的效果。

挑剔的待嫁姑娘

佚 名

　　从前有一位待嫁的姑娘，想给自己找个如意夫君。这本来合情合理，但是这位姑娘实在是太挑剔了。她要求夫君年轻、聪明、漂亮，此外还得无条件地爱她，绝不能妒忌。可是到哪里去找这样一个十全十美的人呢？

　　说来也奇怪，这姑娘确实有福气，显贵的求婚者摩肩接踵，姑娘家门庭若市。但是这姑娘实在太挑剔了，别的姑娘求之不得的男人，她却嗤之以鼻，这人没有勋章，那人级别太低，要不就是鼻子太大，或是眉毛太细。挑来选去，没有一个中她的意。

　　求婚者来得少了，一晃两年过去了。另外一些人又来求婚，只是求婚者的档次已经低了一级。

　　姑娘说："他们枉费心机，多么粗俗哇，想和我结婚，简直是异想天开！连过去被我拒绝的求婚者他们都比不了，别以为我迫不及待地要嫁人，其实我在家的日子过得也很惬意。我白天玩得快活，夜里睡得安稳。"

　　这批求婚者也被拒绝了。从此登门提亲的人越来越少，姑娘家门庭冷落，车马稀少。年复一年，来提亲的人终于绝迹，而姑娘的青春年华也非比从前。她百无聊赖，细数过去的女友，但她们不是出嫁就是已定亲了，唯独她一人被遗忘在闺中。

姑娘照照镜子，不禁伤感，时间一天天地夺取了她的美貌，过去她周围的崇拜者数不胜数，集会没有她便没有乐趣，而现在，只有老太婆们拉她去打牌。

高傲的美人已没了傲气，理智命令她赶快嫁人，再也不要挑剔。恰好有个人向她提亲，她立即应允，并为此感到高兴，尽管新郎有点儿残疾。

心灵 寄语

一味地等待，过分挑剔，不知道满足，就会失去很多的机会。知足者才能常乐。

新龟兔赛跑

静 珍

有一天，龟与兔相遇于草场上，龟在夸大自己的恒心，说兔不能吃苦，只管跳跃行乐，长此以往，将来必无好结果。兔子笑而不辩。

"多辩无益，"兔子说，"我们来赛跑，好不好？就请狐狸大哥为评判员。""好。"龟不自量力地说。

于是龟动身了，四只脚做八只脚跑了一刻钟，只有三丈余。于是兔子不耐烦，而有点懊悔了。"这样跑法，不是要跑到黄昏吗？我一天宝贵的光阴，都牺牲了。"

于是兔子利用这些光阴，去吃野草，随兴所至，极其快乐。

龟却在说："我会吃苦，我有恒心，总会跑到。"

到了午后，龟已精疲力竭了，走到阴凉之地，很想打一下盹儿，养养精神，但是一想昼寝是不道德的，又奋勉前进。龟背既重，龟头又小，五尺以外的平地，便看不见。他有点眼花缭乱了。

这时兔子因为能随兴所至，越跑越有趣，越有趣越精神，已经赶到离路半里许的河边树下。看见风景清幽，也就顺便打盹。醒后精神百倍，却把赛跑之事完全丢在脑后。在这正愁无事可做之时，看见前边一只松鼠跑过，认为是怪物，一定要去追上它，看看它的尾巴到底有多大，可以回来告诉母亲。

于是它便开步追，松鼠见它追，也便开步跑，奔来跑去，忽然松鼠跑上一棵大树。兔子正在树下翘首高望之时，忽然听见背后有声音叫道："兔兄弟，你夺得锦标了！"

兔回头一看，原来是评判员狐狸大哥，而那棵树，正是他们赛跑的终点。那只龟呢，因为他想吃苦，还在半里外匍匐而行。

心灵 寄语

有恒心和毅力能够成功，但只有个人兴趣与工作、学习融为一体才能忘记其中的辛苦，更快地完成任务。

毛遂自荐

谷 曼

毛遂在平原君门下已经三年了，一直默默无闻，总得不到施展才能的机会。

一次，碰上秦国大举进攻赵国，秦军将赵国都城邯郸团团围住，情况十分危急，赵王只好派平原君赶紧出使楚国，向楚国求救。

平原君到楚国去之前，召集他所有的门客商议，决定从这千余名门客中挑选出20名能文善武足智多谋的人随同前往。他们挑来挑去最终只有19人合乎条件，还差一人却怎么挑也总觉得不满意。

这时，只见毛遂主动站了出来说："我愿随平原君前往楚国，哪怕是凑个数！"

平原君一看，是平常不曾注意的毛遂，便不大以为然，只是婉转地说："你到我门下已经三年了，却从未听到有人在我面前称赞过你，可见你并无什么过人之处。一个有才能的人在世上，就好像锥子装在口袋里，锥尖子很快就会穿破口袋钻出来，人们很快就能发现他。而你一直未能出头露面显示你的本事，我怎么能够带上没有本事的人同我去楚国行使如此重大的使命呢？"

毛遂并不生气，他心平气和地据理力争说："您说得并不全对。我之所以没有像锥子从口袋里钻出锥尖，是因为我从来就没有像锥子一样放进您的口袋里呀。如果早就将我这把锥子放进口袋，我敢说，我不仅是锥尖子钻出口袋的问题，我会连整个锥子都像麦穗子一样全部露出来。"

平原君觉得毛遂说得很有道理且气度不凡，便答应毛遂作为自己的随从，连夜赶往楚国。

一到楚国，已是早晨。平原君立即拜见楚王，跟他商讨出兵救赵的事情。可是这次商谈很不顺利，从早上一直谈到了中午，还没有一丝进展。面对这种情况，随同前往的20个人中便有19个只知道干着急，在台下直跺脚、摇头、埋怨。唯有毛遂，眼看时间不等人，机会不可错过，只见他一手提剑，大踏步跨到台上，面对盛气凌人的楚王，毛遂毫不胆怯。他两眼逼视着楚王，慷慨陈词，申明大义，他从赵楚两国的关系谈到这次救援赵国的意义，对楚王晓之以理动之以情。他的凛然正气使楚王惊叹佩服，他对两国利害关系的分析深深打动了楚王的心。通过毛遂的劝说，楚王终于被说服了，当天下午便与平原君缔结盟约。很快，楚王派军队支援赵国，赵国于是解围。

事后，平原君深感愧疚地说："毛遂原来真是了不起的人哪！他的三寸不烂之舌，真抵得过百万大军哪？可是以前我竟没发现他。若不是先生挺身而出，我可要埋没一个人才呢！"

心灵 寄语

不要总是等着别人去推荐，只要有才干，不妨自己主动站出来，做出自己应有的贡献。

鱼和鱼鹰

依 雪

　　一只很老的鱼鹰精力衰退，捕食能力下降，老眼昏花看不清水底，又无罗网捕鱼，只好经常忍受饥饿的煎熬。怎么办呢？万般无奈之中它想出了一个好计谋。

　　鱼鹰在池塘边上看见一只虾，便对它说："我的好伙计，我有一个重要的消息告诉大家：大祸将要降临到你们头上，一星期后这池塘的主人就要下网捕鱼虾了。"

　　虾闻言急急忙忙向大家通报情况，一时间满城风雨，一片惊慌。水族动物全跑了出来，聚在一起选派代表谒见这只鱼鹰。

　　"鱼鹰大人，您这消息是打哪儿来的？您说的靠得住吗？您有解救的办法吗？我们应该怎么办才好呢？"这个"代表"一下子提出了大堆的问题。

　　"换个地方。"鱼鹰毋庸置疑地答道。

　　"可我们怎么换呢？"

　　"你们不用操心，我可以把你们逐个带到我住处的附近，只有上帝才知道这条路，世界上没有比这更隐蔽的地方了。这是一个自然生成的鱼塘，一个罗毒的人类所不知道的去处。这个鱼塘能使你们全体获得新生，不用再躲避人类的捕杀。"

大家全都相信了鱼鹰的话，于是池塘里所有的水族都被带到一块人迹罕至的岩石底下，在这里，鱼鹰把它们全都安置在一条狭长的水坑里，这里水浅见底，鱼鹰要逮住它们那真是唾手可得，随心所欲。它们现在后悔也来不及了。

心灵 寄语

轻易相信别人的话，尤其是敌人说出来的话，会给自己带来不能想象的后果。

熟能生巧

平 南

宋朝的时候有个人叫陈尧咨，他善于射箭，其他人没有谁能比得过他，他因此很自傲，自称为小由基，把自己比作古代神箭手养由基。

有一天，他在自己花园里练箭时，有个卖油的老头儿走过来，只见那老头儿放下油桶，站在篱笆墙外看热闹，陈尧咨见有人观看更来劲儿了。

他摆好靶子，搭箭上弦，叉开步拉满弓，只听"嗖"的一声，箭不偏不斜正好射中靶子。陈尧咨心想：老头儿，今天就叫你开开眼，看个够。

于是他一连射出十几箭。只有一两箭未中，其余全是正中靶心。陈尧咨控制不住自己内心的喜悦，他举起弓跳跃着，来庆祝自己的成绩。

他本以为卖油老头儿看了一定拍手叫好，可是抬头看时，只见老头儿捋着胡子点头微笑，表现出微微赞许的样子。

陈尧咨很纳闷儿，走上前问卖油的老翁说："你懂得射箭吗？看你的表情，好像我的射箭技术还有什么地方不精吗？"

卖油的老头儿说："我不懂得射箭技术，不过这也没什么了不起，只不过手熟罢了，我看你的手法练得还不够熟。"

陈尧咨听了这话之后非常生气，说："当今世上没有谁的箭法可以跟我比，你怎么敢轻视我的射技呢？"

卖油老头儿看见陈尧咨发怒，便解释说："我不会射箭，我只会卖油。就拿我倒油的技巧来说明射箭的道理吧。"

老头儿拿出一个油葫芦放在地上，又取出一个带孔的铜钱放在葫芦嘴上，然后用勺舀起油往葫芦里倒。一勺一勺把葫芦都灌满了，油从铜钱眼儿里通过，铜钱上却没沾上一滴油。

陈尧咨看了之后，拍手叫好。

卖油老头儿又笑笑说："我觉得这没什么了不起，只不过我一年四季练得手熟罢了，并不值得骄傲，这与古时庄子说的'庖丁解牛'和'轮扁斫轮'的道理没什么两样。"

陈尧咨听了卖油老翁的话，看了他倒油的技术，觉得非常惭愧。

心灵 寄语

只要功夫深，铁杵磨成针，只要我们勤学苦练，再复杂的技术也是能够掌握的。

依人门户

夜 薇

从前，每逢新春佳节到来，人们都要在自家的门两旁贴上桃符，写上一些吉祥喜庆的话，为的是祈祷新的一年人丁兴旺，五谷丰登，做什么事都有好兆头。这些桃符一般都要贴到下一个新年才换掉。

到了端午节，各家各户又用艾草扎成一个人的形状挂在门框上方，利用艾草的气味来驱除蚊蝇害虫，消除毒气瘴气。

有一天，门边的桃符一抬头，看见门框上用艾草扎成的小人挂在那里，便十分生气，于是对艾草人骂道："你是什么东西，竟敢占据我的上位？"

艾草人弯腰看了看已经破旧褪色的桃符，不服气地说："你都已经半截身子埋进土里去了，还有什么脸来跟我争上位下位，你生来就只配在我的下面！"

桃符见小艾草人这么傲慢，更生气了，便又说："我起码是出自文人之手，和笔墨香味有联系，我的出身高雅。而你，来自田边野地的一把蒿草，用几截破绳一缠，配挂在我的上边么？自己也不瞧瞧自己是什么模样！"

艾草人一点儿也不示弱，冷笑着说："管你高雅不高雅，瞧你风烛残年，主人早将你忘了，眼下注重的却是我……"

就这样，桃符和艾草人你一句我一句，彼此争辩不休，他们吵闹的声音越来越大，以至于惊动了门神。

门神出来劝解正在争论的桃符和艾草人，他说："两位兄弟，我看还是不要再争吵了吧。我们这等人，本来就没什么大本事，现在只不过是依附在人家的门户上才得以安身混日子，怎么还好意思去争什么高低上下呢？"

一番话，说得桃符和艾草人都惭愧地低下了头。

心灵寄语

那些本来就没什么大本事、也没什么才干的人，往往看不见自己的短处，却偏偏还要互相攀比争待遇，实在是可笑得很。

失信于民

凌 荷

西周时期，楚厉王是一个残暴的君王。

楚厉王在宫殿外设置一面巨大的警鼓，与文武百官、黎民百姓约定：遇有紧急情况，就击这面警鼓，文武百官和黎民百姓听到鼓声就立即前来防守城池，有敢违令者就满门抄斩。

文武百官和黎民百姓都十分惧怕楚厉王的严酷律法，天天严阵以待。过了好长时间，也没有发生紧急情况，当然也就没有人听到过鼓声，但是，老百姓还是不敢稍有疏忽。

可楚厉王早把这个约定抛到脑后了。他每天前呼后拥地外出打猎，回到后宫与嫔妃们寻欢作乐，过着声色犬马、荒淫无度的生活。

有一天，楚厉王喝醉了酒，在宫殿外闲逛，看到这面警鼓，不假思索，抢起鼓槌就敲击起来，那鼓声传出很远。

老百姓听到击鼓声，立即都动员起来，远远近近的人都手持武器，跑来准备防守城池。百姓越集越多，把王宫围得水泄不通。

守卫宫门的大臣前来报告说："大王，百姓把王宫围得水泄不通，等候大王调遣。"

楚厉王酒劲还没有过去，仍然迷迷糊糊的，根本没有把这当成一回事，竟然笑着说："这警鼓可真有号召力呀！"

有位大臣说："大王，那该怎么对百姓说呀？"

楚厉王若无其事地说："就说我喝醉了酒与左右侍从开玩笑，一不小心乱敲了警鼓，把他们打发回去吧。"

这位大臣没有办法，只好到殿外把厉王的话转告给了百姓。

老百姓听了这位官员的话，心中敢怒而不敢言，回去以后，对警鼓的事也就松懈了。

过了几个月，宫殿里真的有了紧急情况，楚厉王立即派人敲击警鼓。可是百姓听到鼓声，以为又是楚厉王在开玩笑，所以，大家都不认真看待此事，谁也没有前来防守城池。楚厉王急得团团转，一点办法也没有。

侥幸的是这场危机很快就过去了，没有酿成大祸。

楚厉王只得重新发布命令，规定了新的报警信号。

心灵寄语

遵守与别人的约定是做人的基本原则，如果把约定当作儿戏，那任何人都不会去遵守了。

狐狸与鹿

冬 瑶

　　鹿站在自己培植的草地上看青草的长势。正在这时候，狐狸走过来，与鹿打招呼："朋友，我看你的草地需要浇水了，那样青草会长得更好，更茂盛。"

　　"的确是这样，我也正准备给青草浇水呢。"鹿说。

　　狐狸听后，眼珠一转，狡猾地说："让我给你浇吧，像你这样高大而美丽的动物，干这种活，实在不大合适，不过如果我帮你浇水的话，我希望你也能帮我一个小小的忙，把鸡舍的门打开。"

　　鹿想了想，说："那怎么成呢，干这种活有些危险，如果被鸡舍的主人看见的话，那就惨了，为什么你自己不去开呢？"

　　"我太小了，打不开，你高大有力气，有什么可怕的呢？"

　　它俩开始互相讨价还价，一直到傍晚，鹿才同意去开鸡舍的门。但这时，天色已经太晚了，于是它们决定先回家，明天再到这里来。

　　夜里狐狸坐在自己的窝里想了想，觉得鹿打开鸡舍的门后，还应该把鸡赶到森林里去，这样自己才方便下手。

　　第二天早晨，它俩见面后，狐狸说："浇草地，可是一件费力的活儿，我想，你应当把鸡给我赶到森林里去。"

"那怎么可以，鸡有翅膀可以飞，我指挥不了它们。"它俩再一次开始争论和讨价还价，一直到傍晚，鹿才同意了，但天晚了，只好作罢。

夜里，狐狸又坐在窝里想了很久，它觉得鹿既然能答应把鸡赶到森林里，那么，它也会答应把鸡送到它的家里。到了清晨，它俩一见面，狐狸就告诉鹿说："浇草地，得拿出全身本事。因此，你还得同意把鸡送到我家里去。只有这样，我们的交易才合理。"

狐狸正说着，天空忽然乌云密布，下起了雨，鹿一见没有必要再让狐狸给自己的草地浇水了，便只管自己回家。狐狸见自己的如意算盘落空了，非常懊恼，但又无可奈何，只得在雨中赶紧跑回家去了。

贪婪的人总是想得到更多的好处，到头来一无所获。

好辩论的人

妙 枫

营丘地方有一个读书人，平日好多事，特别是喜欢跟人家争论不休，要把无理变成有理。

他跑到艾子那里，向他提出问题："大车下面和骆驼颈项上，总要挂着铃子，那是为什么！"

艾子说："车子和骆驼的体积都很大，经常夜间走路，怕狭路相逢，一时难以回避，所以挂上铃子，对方一听铃声，就准备好让路了。"

营丘人说："宝塔上也挂着铃子，难道也因为夜间走路要互相回避吗？"

艾子说："你这个人太不懂事理！许多鸟雀喜欢在高处做巢，怕鸟粪脏了地面，所以塔上挂铃，风吹铃响，就会把鸟雀赶开，为什么要拿它来跟车子和骆驼比呢？"

营丘人又问："鹰和鹞的尾巴上也挂着铃子，哪有鸟雀会到鹰鹞的尾巴上去做巢的呢？"

艾子大笑说："真奇怪，你这个不通事理的人！鹰鹞出去捉鸟雀，或飞往林中，缚在脚上的绳子容易被树枝绊住，只要它一拍翅膀，铃子就会丁零响起来，人们就可以照着铃声去寻觅。怎么可以说是为了防鸟雀做巢呢？"

营丘人还继续问："我看过大出丧，前面有人手摇着铃子，嘴里唱着歌。从前总不懂这是什么道理，现在才知道是因为怕被树枝绊住脚。但不知缚在那人脚上的绳子是皮绳呢？还是麻绳呢？"

艾子实在有些不耐烦了，就说："那是给死人开路的，就因为死人在生前专爱和人家瞎争，所以摇摇铃子也让他开开心！"

心灵 寄语

辩论的目的，在于辨别是非，使真理愈辩愈明；而诡辩的目的，在于混淆是非，蒙蔽真理，把无理说成有理。辩论是好事，流于诡辩就坏了。

寒号鸟

赵德斌

　　五台山上有一种生性非常懒惰的鸟，它们从来不筑自己的鸟巢。它生有一对大翅膀，却不会飞。每当天气暖和的时候，它身上就会长满色彩绚丽的羽毛，非常好看。它就得意扬扬地叫道："凤凰也不如我！凤凰也不如我！"

　　等到深冬严寒时节，天气变冷了，它身上的羽毛就脱落光了，难看得像只小雏鸡。在寒风凛冽、雪花纷飞中，它不停地颤抖，不住地凄厉地叫道："得过且过？哆嗦嗦，冻死我！得过且过？哆嗦嗦，冻死我！"

　　大家把这种鸟叫作"寒号鸟"。

心灵寄语

　　不能只顾眼前，得过且过，要有长远打算，辛勤劳动才能获得幸福。

本性难改

许多人都有一种顽性：我不管你是好是坏，只要你对我好，我就认你为好人。甚至还有许多人信奉这样一种理论：没有永远的朋友，只有永远的利益。

马与驴子

佚 名

从前有一个人，他有一匹马和一头驴子。他养马是为了坐骑，而养驴则是为了驮运东西。

可怜的驴子天天驮着沉重的货物，走许多路。而马，只要主人不骑，它或者站在马槽前咀嚼着饲料，或者在牧场自由自在地吃着青草。

当马和驴子都关在牲口棚的时候，驴子常常对马诉苦。这时，马总是嘲讽驴子说：

"你干吗要牢骚满腹呢？既然你是一头驴子，你就该明白，你生下来就是为了干重活、累活的！"

"可是我们的主人为啥让你闲着不干活，而我却连一天也捞不到休息呢？"

"你别忘了，我是一匹马，而马出身高贵，因此才受到人们的青睐。"

驴子每天不停地干活，十分辛苦，累得瘦骨嶙峋，而马养尊处优，皮毛光洁发亮。

一天，主人骑在马背上，赶着驮着重负的驴子，动身进城去。天气炎热，路途遥远，驴子直喘粗气。

"帮个忙，替我分担一点儿背上的东西吧！"驴子恳求马说。

"你疯啦！我怎么可以驮货呢！"马一口拒绝了。

"可怜可怜我，帮我一把吧！我实在吃不消了！"

"你别指望我能帮助你！我驮着主人，在尽一匹马的责任；你驮着主人的东西，也在做一头驴子应该做的事。"

过了不久，就在爬一段艰难的上坡路时，驴子终于倒在地上再也没站起来。

主人连忙跳下马，见驴子真的死了，只得把驴驮的所有包裹统统压到马背上，继而又想，也许驴皮在城里能卖钱，于是又剥下驴皮，顺手也扔在马背上。

直到这时，马才真正明白，它确实冤枉了身体虚弱的伙伴，但现在悔之晚矣。想当初，它没同意分担驴子驮的一部分重量，眼下只得驮起驴子留下的全部重量了。

心灵寄语

团队合作能够更有效率地完成工作，相互帮助、共同合作才能更好地生存。

橡树的悲哀

李光辉

在高高的山坡上，长满了郁郁葱葱的树木。其中，有一棵橡树格外引人注目，它碧绿而修长，美丽且挺拔，笔直的树干直伸向蓝天，繁茂的叶子俯向大地，博采天地间的灵气。

橡树的生活舒心而自在，与清风为伴，与白云嬉戏，无忧无虑地生长着，很快便成为这片沃土上的佼佼者。

橡树白天为小草们遮挡炎炎烈日，夜晚为鸟儿们奉献一所温暖的栖息地。

百灵鸟最喜欢与橡树聊天，为它歌唱。它们是一对最要好的朋友。橡树常常羡慕百灵鸟拥有婉转的歌喉，更喜爱它那对自由飞翔的翅膀，在天空中遨游。百灵鸟时常对橡树说："橡树姐姐，你那么美丽，又那样善良，日复一日为我们遮风避雨，无悔无怨。我要是一棵树，也一定要像你一样，做个好树。"

橡树听了非常欣慰。

然而，不幸总是喜欢光顾出色的东西。一天，一个樵夫进山伐木，来到这片充满生机的山坡。他老远就看到了这棵橡树，它实在太出类拔萃了！樵夫围着橡树转了好几圈，仔细地观赏了一下这棵树木中的极品。他盘算着这棵树的价值，放下肩头的斧子，准备大干一场。

"不久，这棵橡树就是我的了，在集市上会卖到很高的价钱。"樵夫高兴地想着。

他挥动斧子，使了很大的劲儿，而橡树却纹丝不动，只是破了点儿皮。樵夫知道这棵橡树的生命力正处于鼎盛时期，要砍下它得费一番周折。于是，他想了一个绝好的主意：他先砍了几个粗壮的枝条，把它们削成一个个头儿带尖的木棍，又挥起斧子把这些楔子钉进橡树的根部，然后，当他用力挥动斧子重击这些楔子时，没有几下，就顺利地完成了工作。

这棵顽强的橡树已经摇摇欲坠了，聪明的樵夫轻而易举地夺走了它的生命、它的快乐和它的一切。

百灵鸟飞来了，它见橡树一片狼藉地躺在地上，伤心极了。它知道，它的这位好友已经奄奄一息，而自己却无能为力，只能眼睁睁地站在一旁。橡树听见百灵鸟伤心的哭泣声，挣扎着张开双眼，它多希望能多看几眼这个美丽的世界呀！它只能用最后一口气，痛苦地说道："我恨那夺走我生命的樵夫。我恨那劈我的斧子，更恨那些从自己身上长出的楔子……"它无奈地慢慢闭上了双眼，与大地永远地告别了。

心灵 寄语

没人能够打败你，除了你自己。当自身的缺点被别人利用后就很容易被击败。

龙王外出

李华伟

过去，龙王的女儿外出游玩，被一个放牛的牧人捆绑起来，还遭了毒打。正好赶上国王走到这个地方，看到龙王的女儿，便解救了她，让她回家了。

龙王问女儿："你为什么哭了？"

女儿回答："国王不问青红皂白就打我。"

龙王说："这个国王平常还是很仁慈的，怎么能无缘无故地打人呢？"龙王到了夜里变成一条蛇，在国王的床下听他说话。

国王对王后说："我外出时看见龙王的小女儿，被放牛的牧人毒打，我解救了她，让她回家了。"

第二天，龙王变成了人，来到宫廷同国王相见并对国王说："国王对我有大恩哪！昨天，我小女儿外出游玩，被人毒打，得到大王的帮助和解救。我是龙王，你想要的东西，我都能让你得到。"

国王说："我宫中的宝物已经很多了，我就是想要听懂各种牲畜鸟兽的话语。"

龙王说："好吧，那你就得斋戒七天。"

七天之后，龙王来教他鸟兽的语言，并且说："要特别小心，不能让别人知道。"

后来，国王和王后在一块儿吃饭，听见雌飞蛾说："拿饭来。"

雄飞蛾说："各人拿各人的吧。"

雌飞蛾说："我这么大的肚子，不方便。"国王不禁失声大笑。

王后说："国王因为什么大笑？"国王沉默不语。

后来，国王和王后在一处坐着，看到飞蛾沿着墙碰到一起，听到它们的争吵，看到它们互相打斗，共同掉在地上。国王又失声大笑。

王后说："为什么这样笑呢？"王后一再这样问国王，国王却说："我不告诉你！"王后说："国王要不把这事告诉我，我就在你面前自杀。"

国王说："我先出去，等我回来再告诉你。"

国王便从宫廷走出。龙王变出几百只羊过河。有一只怀孕的母羊同公羊说："你快回来接我！"

公羊说："我太累了，不能返回去接你过河。"

母羊说："你不回来接我过河，我便自杀，你没有看到国王得为妻子去死吗？"

公羊说："这个国王太傻了，竟然为妇人去死。你就是死了，难道说我就没有别的母羊了吗？"

国王听到这些话，自己心里想："我作为一个国王，难道还赶不上羊聪明吗？"

国王回到宫廷里，王后又说："国王若是不说给我听，我就当场自杀。"

国王说："你能自杀，那太好了。在我宫中，女人多得很，做什么也不用你了。"

心灵 寄语

世界上没有解决不了的问题，只要认真思考，仔细观察，就是动物也能带给我们启示。

本性难改

赵德斌

一天，一条小蛇按照自己的习性出来散步，爬到一位苦行者的屋里。这位苦行者对小蛇产生了亲子之爱，将它收养在一个竹笼里。由于这条蛇居住在竹笼里，人们便称它为"竹蛇"，而这位苦行者待蛇如子，人们也就称他为"竹蛇爹"。

菩萨听说有个苦行者养了一条蛇，便把那个苦行者召来，问道："你真的养了一条蛇吗？"

苦行者回答道："是的。"

菩萨说："你千万不可与蛇亲近，不要再养了。"

苦行者说："这条蛇对待我就像儿子对待父亲那样，没有它，我活不下去。"

菩萨说："可是，留着它，你最终会丧命的。"

苦行者没有听取菩萨的劝告，他舍不得扔掉这条蛇。几天后，所有的苦行者都去采集果子。他们到达一个地方，见那里的果子长得特别茂盛，便在那里住了两三天。"竹蛇爹"也跟他们一起去了。他把"竹蛇"安置在竹笼里，关好了竹笼门。这样，两三天后，他与苦行者们一起回来，心想：我要给竹蛇喂点儿食了。

他打开竹笼，伸进手去，说："来，孩子，你肯定饿了。"

这条蛇因为两三天没有食吃，怒不可遏，一口便咬住了伸进来的手，苦行者顿时丧命，跌倒在竹笼旁。这条蛇则逃进了树林。

心灵 寄语

许多人都有一种顽性：我不管你是好是坏，只要你对我好，我就认你为好人。甚至还有许多人信奉这样一种理论：没有永远的朋友，只有永远的利益。

坐禅的老猫

安 玉

很久以前，在老远老远的地方，有一只鼠王，领着五百只鼠子鼠孙一起过活。又有一只老猫，和它们住在同一个地方。

老猫年轻的时候，只要遇上老鼠就把它们全部杀死，后来年纪大了，便心里暗自思忖："以前我年轻时，气力强盛，凭着力气捉老鼠吃。如今我年老体衰、气力微薄，没法再捉老鼠了。想个什么办法才能不费力气就能捉住老鼠呢？"之后，老猫就到处查访，发现一只鼠王跟它的五百子孙全家住在这个地方。于是，老猫来到洞附近，做出坐禅的模样。

这时鼠王正领着一群老鼠出洞游玩，见老猫安然地在那里坐禅，就问道："阿舅，你这是在干什么？"

老猫回答说："过去我年轻那阵子，气力强盛，造下了无数的罪孽。现在我要修行积福，以洗除过去的罪恶。"

老鼠们听了这番话，都发出赞叹，纷纷议论道："如今连老猫也要修善积德了。"于是鼠王率领群鼠一行自右至左绕老猫三周表示敬意，然后才进入洞内。那老猫就捉住走在最后的那只老鼠，把它吃掉了。

没过多久，老鼠的数目就渐渐少了。鼠王见到这种情形，便暗自想道："我的子孙看来是越来越少，那老猫却变得肥胖，气力也强盛起来，其中必定有原因。"

鼠王开始留意观察，发现老猫的粪便里有鼠毛鼠骨，立刻明白了："是老猫吃掉了我的子孙！我今天要好好看看，看它是怎样把老鼠捉去的。"

鼠王打定主意，就在洞里暗暗盯着老猫，只见老猫捉住走在最后的那只老鼠，然后把它吃掉。鼠王看后，立刻躲得远远的方才站定，口中念颂道：

　　老猫身渐肥，群鼠日渐少，

　　吃菜拉菜屎，不应有骨毛。

　　你今修禅不是善，为利假装修善人，

　　愿你无病安稳坐，莫将群鼠全吃尽！

做人要有一定的原则，不要轻信任何人的话，尤其是你的对手。与对手交往要慎重，不然，你一时大意，就会陷入他所设的陷阱。

谁偷了斧子

赵德斌

从前有个人把斧子弄丢了，他在家里到处寻找也找不到。于是便想："斧子又没长腿儿，难道会自己跑了不成？哼，一定是被人偷走的。"

从这天开始，他每天出出进进十分留意邻居们的表情，想探出来个究竟。

后来，他发现前院邻居家的儿子表情有些异常，就开始注意起他来。早晨，看见那家的儿子走出院门，左右看了看，像是心中有鬼的样子。早饭后，丢斧子的人干脆拿了把小凳，坐在门口，仔细观察那家儿子的动静。

那家儿子从地里干活回来，看到他坐在门口，对他笑了笑，然后急匆匆地进了家门。他想：一定是这小子偷了我的斧子，否则，他不会那么神色慌张。我还要继续观察一下再说。

吃过午饭，那家的儿子又准备走出家门，到地里干活。他刚一伸头，看到了门口坐着的丢斧子的人，便又缩了回去，进屋待了好一会儿才又出来。

丢斧子的人故意问道："你刚才出了门，怎么又回去了？"

那家的儿子说："地里干活，有点儿冷，我又回去加了件衣服。"

"加一件衣服要那么久的时间？"

那家儿子看了他一眼，也没说出个所以然来，只是笑了笑，不置可否地匆匆到地里去了。

丢斧子的人想：一定是他偷了我家的斧子，看他说话吞吞吐吐的样子保准没错。

丢斧子的人毫无疑问地断定那家的儿子是偷斧子的人，但是，怎么样才能挑明这件事呢？他左思右想，苦于没有证据，只好又买了把斧子。

一天，他到后山砍柴，无意中发现一棵树下放着一把斧子，仔细一看原来就是自己丢的那把。

第二天，他一出门，又碰上了前院邻居家的儿子，这回，怎么看那人也不像是偷斧子的人了。

常言道，"疑心生暗鬼"。一旦想当然，便会出问题。倘若多多调查分析，很多误会就会消除，很多负面的东西就不会出现。

聪明的公鸡

小 真

公鸡真聪明，它用自己的智慧，赶跑了狐狸。

这是一只漂亮的公鸡，猎狗是它的好朋友。这天，它们约好一起去旅行。

走哇走哇，它们走了一整天，天快黑的时候，走进了一片树林。公鸡找了一棵大树，飞了上去，在枝头休息。猎狗呢，也钻进下面的树洞里睡觉了。

黑夜很快就过去了，东方泛出了鱼肚白。公鸡醒过来，和往常一样，"喔喔喔"叫了起来。狐狸正好路过这里，听到鸡叫声，抬起头一看，哎呀，一只又肥又大的公鸡正站在树上叫呢！嘿，这可是一顿美餐哪！

狐狸不会爬树，抓不到公鸡。他想了想，对公鸡说："尊敬的公鸡先生，您的歌声太美妙了，真叫人陶醉。您每天早晨都早早起床，召唤人们开始一天的工作。您对人们是多么有益呀！快下来，让我们唱支歌，一起把还在沉睡的人唤醒吧！"

公鸡可不笨，一眼就看穿了狐狸的诡计。它想唤醒猎狗，可是狗还在睡觉，听不到它的声音，这可怎么办呢？

于是公鸡对狐狸说："狐狸大哥，我很想下来，可是树太高了，我看着害怕，下不来呀！"

狐狸一听，可着急了："我可不能让快到手的美餐就这么溜走哇！"他就在树下转来转去，可就是想不出办法来。

公鸡看了，暗暗好笑，就又说道："狐狸大哥，您别急！这树下的洞里有架子，您搬出来，我就能下来了！"

狐狸急忙往洞里看，可洞里黑乎乎的，什么都看不清。它把爪子伸进去摸，一下摸到个细细长长的东西，一使劲儿拽出来。它一看：啊呀，不得了，原来是只猎狗！它正抓着猎狗的尾巴呢！猎狗正睡得香香的，突然被弄醒，睁眼一看：好哇，原来是狐狸在捣鬼！它气坏了，向狐狸猛扑过去。狐狸吓得魂飞天外，掉头就跑，好不容易才摆脱了猎狗的追捕。这只公鸡真聪明，它用自己的智慧，赶跑了狐狸。

心灵寄语

人们往往紧盯着眼前的利益而忘记了身边潜在的危险，有时候自认为成功的计谋往往是敌人设下的圈套。

庖丁解牛

李华伟

　　有位庖丁替梁惠王杀牛，只见他用手按住牛，肩膀往牛身上一靠，脚往下一踩，膝盖往前一顶，手起刀落，刷刷几下，那头牛顷刻间便皮肉分离了。杀牛时的动作和声音，竟像演奏"桑林之舞"的韵律和"经首乐章"的节奏一般和谐美好。

　　梁惠王说："啊！妙极了！你的技术怎么能精熟到这般程度呢？"

　　庖丁放下刀子回答说："我研究牛的身体解剖的技巧，远远超过了对于肢解牛的操作技巧的钻研。刚开始宰牛时，眼中看见的是一只只完整的牛，经过三年，我已经完全掌握了牛体解剖方面的学问，任何一只完整的牛摆在我的面前，我都能把它看成许多部分的组合，由于了解了牛身体各部分之间组合的规律，因而在我的心目中，再也没有完整的牛了。到了现在，我只要用手一摸，便对牛身上的各个部位了如指掌，不必用眼睛去观看了。感觉器官已经不起作用了，而精神活动却积极起来。顺着牛身上自然的纹理，劈开筋骨之间的空隙，导向骨节间的窍穴；依照牛的自然结构去用刀，一些支脉、经脉、筋骨肉、肌腱以及筋脉交结的地方，我的刀刃没有一点儿妨碍，更不用说那些大骨头了。好的厨师每年要更换一把刀子，因为他是用刀在解剖牛；普通的厨师每月要换一把刀子，因为他是用刀去砍骨头。到此时为止，我这把刀已经用了十九年，用它宰杀的牛已有几千头了，可是，这刀刃却像刚刚开了口的新刀一样锋利。是什么原因呢？因为牛的骨节间有空隙，刀刃又很薄，以薄刃插进骨节间，宽绰有余，活动方便。尽管如此，每遇到筋骨脉络交错聚集的地方，我也感到不易下手，总是提醒自己谨慎小心。干活时目不旁视、动作舒缓、用力微妙，咔嚓几下，牛的骨肉就松散开了，如一堆黄土散落在地上。这时我提刀站起，四周望望，心满意足，把刀擦干净好好地收藏起来。"

梁惠王听完后说："好哇！听了庖丁的这一番话，我懂得养生的道理了。"

心灵 寄语

人的生命是有限的，而知识是无穷无尽的，所谓熟能生巧，勤能补拙，只有不断追求学习才能成功。

两只青蛙

幻 夏

从前，有一只青蛙住在山前面，另有一只青蛙住在山后面。

"呱！说不定山后面是更好的地方呢！"住在山前面的青蛙想。

"呱！说不定山前面是更好的地方呢！"住在山后面的青蛙想。

"真想到山后面去玩一趟。对了，我得马上上路。"说着，山前面的青蛙向山后面开始了它的旅行。

"真想到山前面去玩一趟。对了，我得马上上路。"说着，山后面的青蛙向山前面开始了它的旅行。

在山前面和山后面之间有一座山峰。山前面的青蛙和山后面的青蛙就分别从北边和南边攀登这座山峰。要是不能翻越这座山峰的话，就无法到山前面和山后面去。

"呱，观赏山后面多么快活呀！"山前面的青蛙一边攀登一边一个劲儿地说着。

"呱，观赏山前面多么快活呀！"山后面的青蛙也一边攀登一边一个劲儿地说着。

它们正从两个不同的方向紧张地攀登着。可是，没想到两只青蛙竟在山顶上碰头了。

"你好，你好！"

"呀，你好，你好！"

两只青蛙相互寒暄了一番。

"你这是上哪儿去呀？"

"我是山前面的，我想到山后面走一趟。你到哪儿去呀？"

"呱，不瞒你说，我是山后面的，我想到山前面走一趟。"

"呱，是吗？辛苦，辛苦！"

"呱，彼此，彼此！"

两只青蛙这么说着。

"呱，就让我在山上眺望一下山后面吧！"山前面的青蛙说。

"呱，也让我在山上眺望一下山前面吧！"山后面的青蛙说。

于是，两只青蛙踮起脚尖，仔细地眺望着远处。

"怎么，原来山前面和山后面差不多一样啊，呱，早知道这样，又何必特地赶来逛呢！"

山后面的青蛙刚说完，山前面的青蛙也叫了起来：

"呱，怎么搞的，原来山后面和山前面差不多一样啊！呱，早知如此，又何必特地赶来逛呢！"

因为它俩都踮起了脚尖，所以长在它们脑袋瓜上的眼睛，就都各自望着自己原来居住的地方。

这时，两只青蛙异口同声地说："既然如此，我们就回去吧！"

于是，两只青蛙便各自朝着自己住的地方走去……

心灵寄语

人们总是认为自己没有得到的东西是最好的，其实很多时候自己所拥有的东西才是最适合自己的。

蚯蚓和蟒蛇

王新龙

　　不管你承不承认，蚯蚓总是自称和蟒蛇曾经是远亲。生活在肥沃的大地里，蚯蚓很自豪，因为人们通称它为"地龙"。瞧瞧，那可叫"龙"啊，而蛇也不过是个"小龙"嘛！这是多么值得骄傲的事情！蚯蚓时常这么想。虽然有些自欺欺人，却也不乏是个自我安慰的好办法。久而久之，蚯蚓养成了个毛病，每天临睡前都要对自己说两遍"我是地龙"，才能安然入梦。

　　后来，这条小蚯蚓慢慢长大了。它见自己身长不过四十厘米，已经是蚯蚓家族最大的了，便放弃了与蛇一争高低的念头，把希望寄托在了下一代身上。

　　蚯蚓宝宝出世了。为了继承上一代的遗志，它天天锻炼身体，穿梭于泥土之间。其实最初，蚯蚓宝宝对祖上的遗训并不热衷，它很喜欢无忧无虑又自由自在的生活方式；它热爱泥土，热爱生命，热爱自己的身体，因为只有光滑细小而又柔软的娇躯才能在泥土中幸福地生活。小蚯蚓不停地忙碌着，它要把家建设得松软舒适。有一天，一只大公鸡打破了小蚯蚓宁静的生活。那时，小蚯蚓刚刚松完土露出头，打算在小草底下透透气，不想，被一只眼尖的大公鸡发现了。这只大公鸡健步如飞地跑过来，低头就向蚯蚓啄去。好在小蚯蚓平时锻炼有素，动作敏捷，迅速钻进泥土里，避开了一劫。

　　蚯蚓惊魂未定地钻回泥土。它伤心极了，说道："我是条好虫子，这只无知的大笨鸡，竟然想吃掉我！"小蚯蚓想着想着难过地掉下了眼泪。听到哭声，一只老蚯蚓爬了过来，它吻干了小蚯蚓的眼泪说道："好孩子，不要难过！我们生活的世界就是这样，因为我们太弱小，所以才会被别人欺负，甚至吃掉，如果我们是强大的，就不会有人敢侵犯我们了。"小蚯蚓想起了上一辈的遗训，"如果我是蟒蛇就好了。"它无限遗憾地想。这回它终于明白祖辈的苦心了。

　　从那天起，小蚯蚓彻底改变了。它明白了只有自己强大，才能保住家园、保护自己。它要像蟒蛇一样强大。

　　一天，在一棵无花果树下，蚯蚓终于见到了心目中的英雄——蟒蛇，蟒蛇正在睡觉。蚯蚓真希望能有蟒蛇那样粗大，便躺在旁边，拼命伸长自己，可是用力过猛，把身体抻断了。

　　可怜的小蚯蚓，不但没有像蟒蛇那么强大，反而断送了性命。

　　自不量力，不根据实际情况，盲目去模仿强者，这对自己没有好处。要做到知己知彼，方能百战百胜。

为虎作伥

赵德斌

在一个山清水秀、花草遍地的山坡上，走来一个读书人，他被这奇丽的风景所吸引，欣赏着优美的风光，信步进入了密林深处。

天色将晚，读书人离开这里，想到附近镇子找个客栈住下，哪知竟迷失了方向，找不到下山的路了。

惶惑间，他看见不远处有个简易的木棚。

读书人想："那里或许会有狩猎的人，暂且借宿一夜。"

他走到木棚边，看到里边透出微弱的灯光。他心中一阵高兴，疾走几步，进得木棚，只见一个猎人正在棚中吃饭。

读书人说明自己的情况后，猎人很是同情，对他说："就在我这里住一夜吧，夜晚赶路很危险的。这地方老虎很多，碰上它就麻烦了。"

读书人十分感激，猎人让他一块儿吃了晚饭，然后说："我们夜里得住在树上，这样会更安全一些。"

两人爬上树，在吊铺上躺下。半夜时分，读书人被什么声音惊醒了，他听到似乎有许多人走动的脚步声和说话声。

一会儿，这些人走到他们藏身的树下，有人发现了猎人为捕杀老虎设置的窝弓，气愤地说："这一定是为暗算我们首领而设置的。"说着把窝弓上的弩箭卸了下来，然后扬长而去。

读书人不解地问猎人："刚才那些是什么人哪？"

猎人告诉读书人："那些人是被老虎害死以后变成的伥鬼，这些伥鬼不仅不仇恨老虎，还甘心成为老虎的帮凶，真是太可恶了。刚才他们所说的首领就是老虎哇！"

猎人说完，急忙下树，重新安装好弩箭，刚回到树上，只听一阵风起，一只猛虎便蹿了过来，前爪正好踏在窝弓的机关上，只听"嗷"的一声惨叫，老虎中箭倒地而死。

读书人要下去看看，却被猎人拦住了。

接着，就看到伥鬼们又匆匆赶来，见到老虎死了，顿时都哭作一团。

心灵 寄语

依附于别人，靠别人力量生存的人，并不能让自己强大。失去依靠还是会一事无成。

狼真的来了

李华伟

从前有个牧羊人，给他村里的人放羊。每天傍晚，他挨家挨户去把羊集中起来，然后赶到村子对面的山坡上去吃草。第二天早晨，当太阳从东方升起时，他才把羊群赶回村子，关进羊圈。

一天夜里，当牧羊人孤零零一个人坐在夜幕笼罩的山坡上，眺望远处的村庄时，脑中不由得闪过一个念头：

"村里的人都在睡觉，唯有我彻夜不眠，这太不公平了！应该让他们也熬上一夜，看看他们感觉如何……"

于是，牧羊人站起身，扯着嗓子，冲着村子喊道："狼来了！狼来了！乡亲们，快来呀！"村民们被牧羊人那刺破夜空的呼救声惊醒，他们纷纷跑出屋子，有的握着猎枪，有的提着铁镐，有的抄着木棍，拼命地往山坡上跑去。

可是，当村民们气喘吁吁地跑到山坡时，看到的竟是羊群在静静地吃着草，牧羊人站在那儿，笑嘻嘻地等着他们。

"狼呢？狼在哪儿？"村民们不解地问。

"狼被我的喊声吓跑了，全都躲进森林里去了。"牧羊人笑着回答说，"不过，我担心它们还会蹿出来。"

"那我们就陪你到早晨吧！"村民们对牧羊人保证说。

就这样，村民们通宵达旦，陪了牧羊人整整一夜。然而，一只狼也没出现。

过了好些日子，一天晚上，牧羊人又大声呼喊：

"狼来了！狼来了！乡亲们，快来呀！"

村民们又一次着急地跑上山坡，可同样没发现任何狼的踪迹。牧羊人对自己发明的小把戏十分得意。

不久后的一天晚上，真的有两只狼来到山坡上。牧羊人吓得面无血色，惊慌失措地大声呼喊：

"乡亲们，快来呀！狼来了！狼来了！"

村民们尽管听到了牧羊人的呼喊声，但都装作没听见，情愿翻个身继续睡他们的觉，也不肯再白白地跑一趟，上了牧羊人的当。

两只狼一连咬死了十几只羊，剩下的羊全都吓得四处逃散。结果，牧羊人一个人胆战心惊地回到了村子。

"羊在哪儿？"村民们不解地问牧羊人。

"都被狼吃掉了，"牧羊人低着头，回答说，"我大声呼喊你们，可你们却都不跑来赶狼！"

"这全是你的错！"村民们愤怒地指责牧羊人说，"你对我们说了那么多次谎话，叫我们怎么能知道你这一次说的是真话呢？"

那些常常说谎话的人，即便是说真话也没有人相信了。只有保持别人对自己的信任，才能得到别人的帮助。

狼与鹭鸶

佚 名

有只老狼已好几天没有吃东西了，它被饿得头晕眼花。

黄昏时分，它悄悄地跑了出来，东一头，西一头地寻找食物。天渐渐地黑了下来，老狼好不容易找到了一只得了病、瘦得皮包骨头、就要死去的兔子。

老狼二话不说，将那只兔子很快吞进了肚子里。

老狼哪里料到，由于它吃得太猛，加之那只兔子太瘦，一根不大不小的骨头牢牢地卡在了它的喉咙里。

为了使卡住的骨头能出来，老狼又是咳嗽，又是抠，可是越弄越痛，卡得越紧。它疼得浑身发抖，发出"嗷嗷"的怪叫。但是，天已经黑了，没有地方去找医生。

老狼整整折腾了一夜。第二天，它一大早就走出家门，去找人为它取出喉咙里的骨头。但由于它平素总是欺小凌弱，大家都不愿意帮助它。

老狼正在走投无路之时，恰好遇到了鹭鸶。它忙忍着痛，装出一副笑脸，一边给鹭鸶作揖，一边恳切地哀求说："好心的鹭鸶，大家都说你是天下最善良的鸟，随时准备为别人解除痛苦。现在请你帮帮我，将我喉咙里卡住的那根骨头弄出来吧！"

鹭鸶知道老狼的为人，想了想转身要走。老狼忙将它拦住，一边哭一边哀求说：

"鹭鸶小姐，你一定要帮助我呀！我家有50枚金币，只要你帮助了我，我全部送给你！"

鹭鸶让狼张开嘴，朝里面看了看，心中暗想："拔掉那根骨头十分容易，帮帮它不过是举手之劳，更何况还有50个金币的酬劳！"

鹭鸶让狼将嘴巴张得大大的，又将自己长长的嘴伸进老狼的喉咙，只稍稍一用力，那根骨头便被取了出来。

鹭鸶为老狼解除了痛苦，将拔出的骨头丢在一旁，静静地等着老狼去为它取那酬劳的50枚金币。

老狼清清自己的喉咙，一点也不痛了，便看都没看鹭鸶一眼，转身就要走。

鹭鸶一看老狼要走，便喊住它，十分温和地对老狼说："我已经为你解除了痛苦，狼先生，那酬劳的50枚金币请给我吧！"

老狼一听鹭鸶的话，马上皱起眉头，满脸不高兴，耍赖说："什么50枚金币！我根本没有说过！"

鹭鸶一看老狼如此不守信用，急忙说："你怎么说话不算数呢？看以后谁还能再帮助你！"

老狼露出一脸凶相，恶狠狠地说："你能将脑袋从我嘴里拿出去，够便宜你了，还敢要什么金币！"

心灵 寄语

对坏人行善的报酬，就是认识坏人不讲信用的本质。上当一次并没有什么损失，只要吃一堑长一智就是最大的收获。

老太婆讲故事

飞 翠

狼是非常贪婪的动物。正因为如此，它也就时时处于饥饿之中。不信，你想想自己头脑中装的那些故事，有哪一个提到狼，不是说"饿狼"？我们现在说的也是一只"饿狼"。

这只狼已经好多天没有吃到东西了。此时，它走出自己居住的山洞，东瞅瞅，西看看，心里希望，哪怕有一小根骨头让自己啃啃，心里也会好受些。

但是，别说是骨头，就连其他动物的一根毛也没有。饥饿像火一样在狼的肚子里燃烧着，烧得它死去活来，但找不到食物就得饿着。

狼被饿得晕头转向，眼冒金星。它漫无目的地四处游荡。不知不觉间，它来到了一个村口。

村头上有一座茅草房，从窗户里透出了一线灯光。已是吃晚饭的时候，这家人的烟囱里冒出缕缕炊烟，窗户和门缝一阵阵饭菜的香气随着那轻轻吹拂的晚风向四处飘散。

狼闻到饭菜的香味，实在是抬不动腿了。它想进去吃点儿东西，但它哪里敢哪！它想起来，自己曾咬死过这户人家的一头牛。只有等到夜深时，看看能不能有办法偷点儿东西吃。

渐渐地，天彻底黑下来了。狼守在房子的后面一动不动。突然，房子里传出一阵小孩子的哭声。原来是孩子的妈妈不在家，老祖母正在照顾孩子。孩子想妈妈，便又哭又闹。

老祖母耐心地哄着孩子，但无论如何也哄不好，于是老祖母吓唬孩子说："不许哭！如果你再哭，我就把你扔到外面去喂狼！"

狼以为老太婆说的是真话，心里可乐坏了。它暗暗想，今天这次真没有白来，等一会儿就有白白胖胖的小孩子吃了。那肉一定是又香又嫩，非常可口。

于是，狼就站在窗户外等啊，等啊。

时间一分一秒地过去了。夜已经很深，天又冷了起来，狼的肚子里没有食物，被冻得四肢麻木，都快冻死了。这时，屋里亮起了灯，狼以为老太婆要扔小孩子了，马上挺起了身子。原来老太婆又在哄小孙子，说："孩子呀，你好好睡觉吧！要是狼来了，我就用刀将它杀死。"

狼听了老太婆的话，心里想小孩儿肉吃不上了，还是快点走吧，不然她要拿刀来杀自己了。

狼一边走一边说："这家人真不讲信用，说的是一回事，做的却是另一回事！"

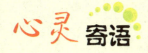

对待坏人不需要讲真话。对坏人诚实只能让自己受到伤害，反之则能够保护自己的安全。

鹰与乌鸦

佚 名

　　鹰从高岩上直冲而下抓走了一只羊羔。乌鸦见到后非常羡慕，决定仿效一下。它呼啦啦地猛扑到一只公羊背上用尽全力地想把它带走，然而它的脚爪却被羊毛缠住拔不出来，无论它怎么努力都不能摆脱羊毛的束缚。

　　牧羊人看见了，跑过去将它一把抓住，剪去了它翅膀上的羽毛。傍晚，他带着乌鸦回家交给了他的孩子们。孩子们问这是什么鸟，他回答说："这是一只乌鸦，可它自己硬要充当老鹰。"

心灵寄语

　　仿效别人做自己力所不能及的事，不仅得不到什么好处，还会给自己带来不幸，受他人的嘲笑。

望洋兴叹

世界是无限的，人们对世界的认识也是无止境的。知道少的人，往往以为自己不知道的也少；知道多的人，才会懂得自己不知道的也多。自我满足是知识浅薄、眼光短浅造成的。

庄稼汉和果树

紫 海

从前，有一个庄稼汉，在他家的田里长着一棵枝繁叶茂的果树，果树树干粗壮有力，可就是一年四季也不结任何果实。但由于果树的枝叶茂盛，因而在果树上长年累月地住着上百只麻雀和无数的知了。

庄稼汉一见到那棵树，心里就来气，因为这棵果树非但不会给他带来任何的经济效益，反而为那些偷吃他谷子的叽叽喳喳的麻雀和一到夏天就呱呱地吵得他头昏脑涨的知了提供了安居乐业的地方。

最后，庄稼汉下决心砍倒那棵树，把这些坏蛋的老窝给端了。说干就干，他提着一把斧头，来到了树的跟前。

"请别砍倒我们的树！"麻雀纷纷恳求道，"我们在树上已筑了窝。要不然，我们去哪里哺养我们的孩子呢？"

"请别砍倒我们的树！"知了也央求道，"我们并没有伤害任何人，我们只不过是栖息在它的枝头，放声歌唱美丽的夏天和炎热的太阳罢了！"

但庄稼汉不为所动，对麻雀和知了的苦苦哀求一概充耳不闻，举起斧头就朝粗壮的树干砍去。

岂料，当庄稼汉用斧头砍了树干几下的时候，由于树干十分粗壮，只是微微地颤抖了一下，有一块很大的树皮被震落下来。震落树皮的地方，有一个蜂窝，蜂窝处有一条细缝，由于树干的震动，蜂蜜顺着树干流了出来，散发出诱人的香味。

庄稼汉见了，好一阵惊喜，连忙扔掉手中的斧头，庆幸没有将果树砍倒。

心灵 寄语

由于各自的立场不同，看待问题的观点也不一样，有时候看起来往往是合情合理的理由，反而说服不了人；而那些能让人动心的决定往往是由于利益的所在，这是人性的弱点，但却是最应该被理解的人之常情。

三个强盗

问 香

从前，有三个非常凶恶的强盗。他们披着黑色的披风，戴着一顶黑毡帽子。其中一个强盗手持一支长枪，另一个强盗带着一个装着胡椒粉的盒子，第三个强盗使用一把巨大的、棕红色的斧子。

每天傍晚后，他们便到大路上去拦劫路人。

路人们都被他们吓破了胆儿。女人们遇见他们就会昏倒，能夺路而逃的人还算是胆儿大的呢，连狗看见他们都夹着尾巴无声地走开。

抢劫马车时，他们先把胡椒粉吹进马的眼睛，再用斧头砍坏车轮，然后，用枪威逼坐在马车里的人，把他们的东西抢走。

强盗们住在大山上的一个山洞里。他们抢来的东西全放在里面，洞里藏着好多的金银财宝。

在一个伸手不见五指的夜晚，他们又劫住一辆马车，可车上只有一个乘客，那是一个叫做苔弗妮的孤儿。她正准备去对她特别吝啬的姨妈家。苔弗妮看见了强盗反而感到非常高兴，因为她太孤独了。

这三个强盗也很孤独，他们没有亲人和朋友，只能住在阴暗潮湿的山洞里。

这个天真可爱的小女孩将会给他们的生活带来多么大的欢乐呀。于是强盗把身上的披风脱下来紧紧地包住她，把她带走了。

他们回到山洞里给她铺了一张非常柔软的床铺，苔弗妮一会儿便睡着了。

第二天早上苔弗妮醒来后，发现自己的身边堆满珠宝。

"这些能派什么用场？"她诧异地问。

强盗们七嘴八舌地解释说，他们从来都没有动用过这些财宝，也不知怎么用，现在只想送给她。

小姑娘帮强盗们出了个主意。于是，为了能使这些财宝派上用场，这三个强盗找来那些不快活的、被父母抛弃的孩子。强盗们还给孩子们修了一座居住、游戏的雄伟的大城堡。

孩子们头戴红帽子，身披红披风，快活地搬进了新居。他们多幸福呀！

孩子城堡的故事很快便传遍四方。于是每天都有孩子被送到城堡中。

孩子们长大了，该成家了。他们就把房子盖在城堡周围，慢慢地变成一座村庄，村庄里的人都戴红帽子，披红披风。

村里的人为了纪念三位养父，修建了三座高大的塔楼，塔楼上建有很高的房顶，每一座塔楼象征着他们的强盗养父站在那儿永远守护着他们。

心灵寄语

每个人心中都有善良，只是自己没有发现罢了。当心中的善良被唤醒，即使是强盗也能够让别人得到幸福。

李离殉法

梦 巧

李离是春秋时期晋国掌管刑罚的最高长官。李离执法如山、公正不阿，视法律比生命更重要，成为我国历史上一位了不起的人物。

李离断案，一向都是细致入微，极其认真，所以他经手的案子从无差错，可是有一天，李离在查阅过去的案卷时，竟发现了一起错杀的冤案，他感到惊骇不已，惭愧万分。他觉得自己犯下了不可饶恕的罪过，不但不配再做执法的长官，而且给国家的法律抹了黑。于是，李离让手下人将自己捆绑起来，送到晋文公那里，请求晋文公将自己处死。

晋文公对李离这种严于律己的行为十分赞赏，也为他的诚心实意所感动。晋文公不但没有怪罪李离，还亲自为他解开身上的绳索。

晋文公劝李离说："这件案子是下面搞错的，并不是你的罪过。再说，我们每个官员的职务有高有低，因此我们的处罚也该有轻有重。何况这件案子又不是你直接办理的，我怎么能怪罪于你呢？"

可是李离依然长跪不起，他坚持说："臣下的官职最高，从没把自己的权力让给下属；平时享受的俸禄也最多，也并没有把俸禄分给下属。今天我有了过错，怎么可以把责任推给下面的人呢？现在出了错案，我理当承担罪责。还是请大王将我处死吧！"

晋文公有些不高兴了，说："你认为下属出了问题，责任在你这个上司的身上。如果照你的逻辑去推断，那不连我也该有罪了吗？"

李离回答说："我是掌管刑罚的最高长官，国家法律早有规定：判错刑者服刑，杀错人者要被杀。大王信任我，将执行国家刑罚的重任交给了我，而我却没能深入调查，明断真伪，以至于造成了错杀无辜的冤案，按法律我应受到处置，因此处死我是理所当然！如果我不自觉伏法，那法律的尊严还能受到别人的重视吗？"

说完，李离猛地从卫士手里夺过宝剑，使尽力气朝自己挥去，顿时鲜血迸溅，气绝身亡。

晋文公阻拦不及，好长时间都唏嘘不已。

心灵 寄语

只有对工作认真负责的人才能得到所有人的尊敬。工作越是重要就越是要对工作负责，在工作中产生的错误就必须承担责任。

可悉陵降虎

之 柔

　　北魏的皇族中，有个名叫可悉陵的人，生得身材高大、魁梧强壮，性格勇敢坚毅，又练得一身好武艺，实在是一个难得的人才，因而很受皇室器重。

　　在可悉陵十七岁的那一年，北魏皇帝拓跋焘带着他一块儿到山林里去打猎。

　　他们一行人个个都本领高强，善使弓箭，勇猛无比，打起猎来更是不在话下。没过多半天，他们便捕获了许多野兔、鹿、山鸡之类的野味。大家带着猎物一边大声谈笑，夸耀自己打猎的成果，一边准备踏上返回的路。

　　人们一路走一路说，正在兴头上，忽然有人察觉旁边的树在微微颤抖，传出一阵草叶的"沙沙"声，好像有什么动物在快速行走。就在犹疑间，说时迟，那时快，丛林中突然蹿出一只吊睛白额猛虎。它大吼了一声，直吼得地动山摇。

　　人们惊出了一身冷汗，惊慌失措，不知如何是好。只听得一个人大喊道："保护皇上，看我的！"说话间，人已到了老虎跟前。大家定睛一看：原来说话的是可悉陵。

　　可悉陵什么武器也没拿，赤手空拳地和老虎搏斗起来。老虎的尾巴用力一掀，眼看要扫到可悉陵身上，可悉陵灵巧地一闪躲开了。大家回过神来，弯弓搭箭想要帮可悉陵的忙，可悉陵却喊道："请大家别插手，我一个人就可以了！"大伙只好眼睁睁地看着可悉陵和老虎周旋，心里暗暗为他捏一把汗。

可悉陵躲过了老虎凶猛的一扑一掀一剪，瞅准机会跳到老虎背上，揪着虎皮死死按住虎头，抬起铁拳拼命朝老虎的天灵盖砸下去。也不知打了多少拳，可悉陵累得不行了，才发现老虎已经七窍流血，死了。于是可悉陵把这只老虎献给了拓跋焘。

拓跋焘没有过分称赞他，说道："我们本来很有机会逃走，不跟老虎纠缠，实在走不了，大家一起上，也可以轻而易举地置老虎于死地，你偏要徒手和老虎单打独斗，你的勇敢和谋略确实胜人一筹，但应该用来造福国家，而不要再浪费在这种不必要的搏斗上。要是万一出了点儿事，不是太可惜了吗？"

拓跋焘的话很有道理，可悉陵的行为表面上看勇猛无比，其实不过是逞匹夫之勇。我们的才能，不应该徒费在不值得的事上。

心灵 寄语

这个世界上还有很多有意义的事情等着我们去完成，把我们的智慧和能力用在一些微不足道的事情上是完全没有必要的。

周处自新

天 云

　　周处是晋朝义兴县人。他年轻的时候，脾气粗暴，好惹是生非，经常与人打架斗殴，危害乡里，被当地人们视为祸害。

　　那时候，在义兴县境内的大河里出现了一条蛟龙，同时在义兴县山里又有只斑额吊睛猛虎，它们都时常在河里、在山上侵害老百姓。当地人都把周处同蛟龙、猛虎一起看做是"三个祸害"，而这"三个祸害"中又以周处更加厉害。为了除掉侵害老百姓的祸害，曾经有人劝说周处上山去杀死那只斑额吊睛猛虎，到河里去斩除那条危及乡里的蛟龙。

　　周处听人劝说后，立即上山去杀死了斑额吊睛猛虎，接着又下山来到有蛟龙作恶的河边。当蛟龙露出水面准备向他扑过来的那一刹那间，说时迟，那时快，周处转眼间便跳下河去举起手中锋利的砍刀，向作恶多端的蛟龙头上砍去。那蛟龙为了躲避周处的刺杀，时而浮出水面，时而沉入水底，在大河里游了几十里路远。周处一直紧紧地跟着它，同样是时而浮出水面，时而沉入水底。就这样，三天三夜过去了，地方上的人都认为周处已经死了。人们都在为这"三个祸害"的灭亡而奔走相告，互相庆贺。

谁知周处在杀死了蛟龙后，又突然浮出水面，游到了岸边。当他上到岸上来时，看到人们正奔走相告，都在为他已不在人世而互相庆贺，这时他才晓得自己早已被人们认为是祸害了。这是为什么呢？他扪心自问，经过一番仔细的反省之后终于有了改过自新的念头。于是，他到吴郡去寻找陆机、陆云两兄弟。因为陆家兄弟是当时远近闻名的受人尊敬的大文人、大才子，周处是想请陆家兄弟开导思想，指点迷津。

周处头脑中带着疑惑来到吴郡陆家的时候，陆机不在家，正好会见了陆云，于是他就把义兴县人为什么恨他的情况全部告诉了陆云，并说明自己想要改正错误重新做人，但又恨自己年纪已经不小了，恐怕不能干出什么成就，因此请陆家兄弟指点迷津。陆云开导他说："古人认为，一个人如果能在早晨懂得真理，那么即使是在晚上死去，也是可贵的；何况你现在还年轻，前程还是满有希望的。"陆云接着说："一个人怕只怕没有好的志向。有了好的志向，又何必担心美名不能够传播开去呢？"

周处听了陆云这番话后，从此洗心革面、改过自新。经过自己艰苦的努力，后来终于成了名扬四方的忠臣孝子。

心灵 寄语

一个人有了缺点错误并不可怕，只要敢于正视、敢于改正自己的缺点错误，重新确立好的志向，一样可以成为一个有用之才。也就是说：浪子回头金不换。

老狮子与狐狸

凌 曼

从前有一只狮子，它年迈体弱，已不能再像过去那样四处奔跑，捕捉猎物了。

为了不挨饿，那头狮子想出了一个聪明绝顶的办法——装病。于是，狮子连续几天不出洞穴，躺在黑暗的山洞里，发出微弱的呻吟。

狮子生病的消息不胫而走。动物们决定去探望病了的兽王。公牛第一个去探望。

"大王陛下，你好吗？"公牛一踏进洞口，就关切地问道。

"我病得很厉害，连说话的力气也没有了。"狮子有气无力地回答说，"你靠我近一点儿，让我看看你！"

公牛毫无戒心，走了过去，没想到，狮子猛地扬起它的一条前腿，用力一拍，顿时把公牛的脖子打断，然后狼吞虎咽地把公牛吃了。后来，马也去向病了的狮子请安，结果也同公牛一样，成了狮子的口中食。

从那以后，天天有动物去山洞里看望狮子，就这样，狮子足不出洞，就能吃饱肚子。

一天上午，狐狸也去看望狮子，它站在洞口，恭恭敬敬地问道："大王陛下，你好些了吗？"

"一点儿都不见好！"狮子低声地吼叫了一声。

"祝你早日康复！"狐狸说完，转身欲离去。

"你为何不进来看望我呢？"狮子颇感意外。

"大王陛下，假如我没发现洞口的脚印都是朝着洞里去的，而没有出来的话，那我肯定会进来的。"

狐狸一边回答，一边拔腿就跑，一会儿工夫，便跑得无影无踪了。

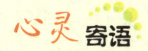

心灵寄语

聪明的人常常能审时度势，根据迹象预见到危险，避免不幸。我们必须小心别人的圈套，因为一旦进去了就很难再出来。

太阳与风

亦 白

有一天，太阳与风在争辩谁的力气大。狡诈的太阳看见地上有行人走路，知道叫人出汗解衣，是它的拿手好戏。于是它对风说："我们比一比吧！谁能叫那位行人脱下衣服，便算谁的力气大。"忠厚的风上当了。

风先鼓起它的力气，尽力地吹，可是只能吹掉那行人的帽子。聪明沉着的太阳在一边老奸巨猾地暗笑。它说："让我来，我多么王道。我不声不响就能叫那人马上赤膊给你看。"结果太阳胜利了。

这是天上的方面。

在行人的方面，只觉得天气乍暖乍寒，有点反常，哪里知道是"在上者使枪法，累及下民遭殃"。在他解衣之时，他对自己说道："那凶横的风，我倒有办法。只是那太阳，不声不响，看来似乎非常仁厚王道，一晒晒得我热昏，叫我在此地出汗受罪。风啊，来给我吹一吹吧！"

且说天上，忠厚的风无端受太阳奚落一场，心殊不乐。忽然慧心一启，哈哈大笑地对太阳说："老奸巨猾，你也别使花枪了。我们再比一下，看谁有本事，叫那行人再穿上衣服。"

太阳为要做绅士，虽然明知必败，只好表示主张公道而答应了。

这回太阳越晒，那人越不肯穿衣服。等到风一吹，那人才感觉凉快，谢天谢地，再穿起衣服来了。

这回是太阳失败了。

行人因为天时反常，冷热不调，得了肺膜炎，一命呜呼哀哉。但是天上的太阳与风，各一胜一败，遂和好如初，盟誓曰："旧账一笔勾销！"

心灵 寄语

两人互相争斗，最后不了了之，但有时真正受到伤害的是第三者。

高山流水

靖 玉

　　春秋时期，俞伯牙擅长于弹奏琴弦，钟子期擅长于听音辨意。有一次，伯牙来到泰山（今武汉市汉阳龟山）北面游览时，突然遇到了暴雨，只好滞留在岩石之下，心里寂寞忧伤，便拿出随身带的古琴弹了起来。刚开始，他弹奏了反映连绵大雨的琴曲，接着，他又演奏了山崩似的乐音。恰在此时，樵夫钟子期忍不住在临近的一丛野菊后叫道："好曲！真是好曲！"原来，在山上砍柴的钟子期也正在附近躲雨，听到伯牙弹琴，不觉心旷神怡，在一旁早已聆听多时了，听到高潮时便情不自禁地发出了由衷的赞赏。

　　俞伯牙听到赞语，赶紧起身和钟子期打过招呼，便又继续弹了起来。伯牙凝神于高山，赋意在曲调之中，钟子期在一旁听后频频点头："好啊，巍巍峨峨，真像是一座高峻无比的山啊！"伯牙又沉思于流水，隐情在旋律之外，钟子期听后，又在一旁击掌称绝："妙哇，浩浩荡荡，就如同江河奔流一样呀！"伯牙每奏一支琴曲，钟子期就能完全听出它的意旨和情趣，这使得伯牙惊喜异常。他放下了琴，叹息着说："好呵！好呵！您的听音、辨向、明义的功夫实在是太高明了，您所说的跟我心里想的真是完全一样，我的琴声怎能逃过您的耳朵呢？"

二人于是结为知音，并约好第二年再相会论琴。可是第二年伯牙来会钟子期时，得知钟子期不久前已经因病去世。俞伯牙痛惜伤感，难以用语言表达，于是就摔破了自己从不离身的古琴，从此不再抚弦弹奏，以谢平生难得的知音。

心灵 寄语

人之相知，贵在知心。相互理解的人必定能够成为好朋友。

望洋兴叹

雪 容

　　绵绵秋雨不停地落，百川的水都流入黄河。水势之大，竟漫过了黄河两岸的沙洲和高地。河面也被水涨得越来越宽阔，已经看不清对岸的牛马了。河神见状欢欣鼓舞，他自我陶醉，以为天下美景已尽收自己的流域。

　　河神扬扬得意顺流东下，到达大海。朝东望去一片汪洋，看不见边际，这使他顿时大吃一惊，一扫扬扬自得的神情。他眺望无边的海洋，不禁大发感慨："俗话说得真是好，只有见识短浅的人，才认为自己高明。这说的正是我这类人哪！"

　　一番反思，河神想到曾有人说过，即使是孔子的见闻与学识也还是有限的；伯夷的高尚品德也没能达到顶点。"那时我并不相信这样的评价。今天我看到坦荡无垠的海神如此浩瀚广博，一望无际，在事实面前我才明白这话讲得对。要不，我的所作所为定会被深明大义的贤者所笑话。"

　　听完河神的一番自省，海神开口了。他说，井里的青蛙由于受自身居住环境的限制，不可以同它讲大海；夏天的昆虫受季节的局限，不可以同它说冬天；见识浅的人孤陋寡闻，受教育有限，不会听懂大道理。现今，你河神走出河流两岸，眺望大海，开阔了眼界，知道自己渺小浅薄，才能同你谈谈大道理。

心灵寄语

世界是无限的，人们对世界的认识也是无止境的。知道少的人，往往以为自己不知道的也少；知道多的人，才会懂得自己不知道的也多。自我满足是知识浅薄、眼光短浅造成的。

讳疾忌医

静 珍

　　蔡国有个著名的医生，名叫扁鹊。一天，他去见蔡桓公。

　　扁鹊告诉蔡桓公说："大王，据我看来，你已经得了病。不过，不打紧，你的病在皮肤里，经过医治，便会好的。如果不医治，就会慢慢地重起来。"

　　桓公说："我的身体很好，什么病也没有。"

　　扁鹊走后，桓公冷笑着说："这些做医生的，大病医不了，只会医些没有病的人。医治没有病的人，才容易显示自己医术的高明！"

　　隔了十几天，扁鹊又去看桓公，再对桓公说："你的病，现在已经在皮肤和肌肉之间，再不医治，慢慢地会更厉害的。"

　　桓公听了很不高兴，没有理睬他。扁鹊也就退了出来。

　　又过了十来天，扁鹊又去见桓公，说道："你的病已经从肌肉进到血脉里去了。"桓公还是不睬他。

　　再隔十来天，扁鹊又去看桓公，告诉他说："你的病，现在已经从血脉到肠胃了。再不医治，将更严重了。"

　　桓公听了十分不高兴，闷声不响。扁鹊又不得不退了出来。

又隔了十几天，扁鹊碰见了桓公，留神地看了他几眼，掉头就跑了。

桓公觉得他这种举动很奇怪，特地派人去问他："扁鹊，你这次见了大王，为什么一声不响，掉转头就跑呢？"

扁鹊说："一个人生了病，病在皮肤、血脉、肠胃的时候，都有办法可以医好，到了骨髓，就难治了。现在大王的病，已经入了骨髓，我还有什么法子医治呢？"

五天后，桓公遍体疼痛，派人去请扁鹊来给他治病。扁鹊早知道桓公定要来请他的，几天前就跑到秦国去了。

不听别人意见的人无法认识到自身的缺点和毛病，更无法改正自己的缺点。

楚王葬马

恨 雁

楚庄王酷爱养马，把那些最心爱的马，都披上华丽的绸缎，养在金碧辉煌的厅堂里，睡清凉的席床，吃美味的枣肉。

有一匹马因为长得太肥而死了。楚王命令全体大臣致哀，准备用棺椁装殓，一切排场按大夫的葬礼隆重举行。左右大臣纷纷劝谏他不要这样搞，楚王非但不听，还下了一道令："谁敢为葬马向我劝谏的，一律杀头。"

优孟听说了，闯进王宫就号啕大哭。楚庄王吃惊地问他为什么哭，优孟回答："那匹死了的马呀，是大王最心爱的。像楚国这样一个堂堂大国，却只用一个大夫的葬礼来办马的丧事，未免太不像话。应使用国王的葬礼才对呀！"

楚王说："照你看来，应该怎样呢？"

优孟回答："我看应该用白玉做棺材，用红木做外椁，调遣大批士兵来挖个大坟坑，发动全城男女老弱来挑土。出丧那天，要齐国、赵国的使节在前面敲锣开道，让韩国、魏国的使节在后面摇幡招魂。建造一座祠堂，长年供奉它的牌位，还要追封它一个万户侯的谥号。这样，就可以让天下人都知道，原来大王把人看得很轻贱，而把马看得最贵重。"

楚王这时终于恍然大悟，知道这是优孟在含蓄地批评他，便说："我的过错就这样大吗？好吧，那你说现在应该怎么办呢？"

优孟答道："事情好办，依臣之见，用灶头为椁，铜锅为棺，放些花椒桂皮，生姜大蒜，把马肉炖得香喷喷的，让大家饱餐一顿，把它葬到人的肚子里。"

心灵 寄语

人们在很多时候不能认识到什么才是真正重要的东西，因而才会做出很多错事，只有多听取别人的意见才能认清事实。

乌鸦诉冤

谷 曼

唐朝时候，温璋在京城任兆尹。他刚直不阿，执法如山，疾恶如仇，谁要为非作歹，只要撞到温璋手上，便休想逃脱。温璋用严刑酷法毫不手软地处死了一批不法之徒，使得京城治安良好，那些流氓地痞无赖，没有一个不畏惧温璋的。为了方便老百姓告状、诉冤，温璋还派人在衙门外挂上一只悬铃，好让告状者随时撞响铃铛。

一天，温璋忽听堂外悬铃一阵疾响，便马上派人出去查看。那差人在铃下四处张望，却未见到有人前来撞铃。正奇怪间，那铃铛又响了。差人不知何故，那铃铛却连响了三次，差人这才发现撞铃的原来是只乌鸦。

差人立即向温璋报告了乌鸦撞铃之事。温璋想了片刻，说："这只乌鸦定遭了什么伤心事，它才前来诉冤的。我估计，一定是有人掏走了它的小乌鸦，母子连心。乌鸦的爱子之心，实在感人。"

于是，温璋派人随乌鸦去找那个掏鸟窝的人，一旦找到，定要拘捕归案。那只乌鸦在前面盘旋飞翔，替差役引路，差役一路上紧紧跟随，终于来到城外一片树林子里，乌鸦盘旋在一棵树旁不再前进，还"嘎嘎"地叫个不停。差役一看，树上一个鸟窝果然被人掏空了，而那个掏走小乌鸦的人还没有走，正在树下休息，手里还在玩弄着小乌鸦，小乌鸦可怜巴巴地"嘤嘤"哀鸣着。见此情景，差役立即将那人捉回了官府。

温璋亲自审理此案。他认为，乌鸦虽不是人，但母子亲情，与人同理，乌鸦被人迫害，前来官府申诉，求助于官，此事本来就有些异乎寻常。那掏走小乌鸦的人，拆散乌鸦母子，残害弱小，行为恶劣，不能宽容。于是，温璋下令将那人处死，为乌鸦申了冤，报了仇。

后来，此事传开，那些为非作歹之徒更是小心翼翼，收敛了许多，再也不敢轻易干坏事。

温璋明察秋毫，体察民间疾苦，哪怕是再细小的事都执法如山，毫不留情，因此才能真正扼制住社会的恶势力，保一方平安。

心灵 寄语

只有杀一儆百，严厉地执行规定，才能让人们对规定产生深刻的认识并严格遵守规定。

贾人重财

依 雪

济阴的一个商人在过河时翻了船,他只好抓住水中漂浮的一堆枯枝乱草拼命挣扎。一个打鱼的人听到呼救的喊声,立即把船划过去救他。

商人看到了缓缓驶来的小船,顿时产生了获救的希望。然而汹涌的河水无情地告诉他,随时都有被淹没的危险。为了抓紧时间死里逃生,商人对着渔夫大声喊道:"我是济阴的名门富豪,只要你能救我,我就送给你一百金!"

渔夫使出浑身的力气,抢在商人沉没之前把他救到岸上。可是商人上岸后只给了渔夫十金。渔夫对商人说:"你不是答应给我一百金的吗?现在你得救了就只给十金,这样做对不对呢?"商人一听变了脸色。他恶狠狠地说道:"像你这样的一个渔夫,往常一天能挣几个钱?刚才一眨眼工夫你就得到了十金,难道还不满意吗?"渔夫不好跟他争辩,低着头闷闷不乐地走了。

过了些日子,那个商人从吕梁坐船而下。他的船在半路上又触礁翻沉了。从前的那个渔夫碰巧正在附近。有人对渔夫说:"你为什么不把岸边的小船划过去救他呢?"渔夫答道:"他就是那个答应给我酬金,过后却翻脸不认人的吝啬鬼!"说完,渔夫一动不动地站在岸上袖手旁观。不一会儿,那个商人就被河水吞没了。

心灵寄语

　　商人爱财如命、言行不一和渔夫见死不救的作为，反映出他们缺乏诚信和人道主义精神，都是不可取的。

惊弓之鸟

在某一件事情上吃过亏，于是就老是害怕再次发生类似的事情，可是越是担心就越有可能使自己处于不利地位。

神 鱼

平 南

古时候，某地有一棵大树，树身已经空朽。每逢下雨，树洞里就积满了水。

有一个人贩运活鱼到外地去卖，路过这里，看见树洞里有积水，便提了一条鲤鱼放进树洞里，然后走了。

村人发现树洞中有鱼，感到十分奇怪，认为这是神鱼，便对它烧香祭拜起来。

一传十、十传百，这棵大树香火不断，每天来求神鱼消灾祛病、降福赐财的人络绎不绝。

过了半年，那个卖鱼的人又路过这里，看见这种情景，不禁哈哈大笑："哪里有什么神鱼哇！这鱼是我半年前路过这里时放进树洞中的！"

心灵 寄语

不要盲目地相信自己所看到和听到的事情，不经过认真地分析和调查研究是不能得知事情真相的。

解铃还须系铃人

佚 名

在开导别人之前，最好弄清楚对方的实际情况，不要自以为是，凭想当然出发。

金陵清凉寺有位禅师法号法灯，为人豪爽，不拘小节，经常不守佛门法规。当时大家都看不起他，只有一位名叫法眼的禅师对他另眼相看。

有一天，法眼问大家："老虎脖子上的金铃，谁能把它解下来？"大家都答不上来。

这时，法灯正好进来，法眼又提出这个问题要考他。

法灯答道："这还不容易吗？那个把它系上去的人当然能够把它解下来。"

听了这话，法眼对大家说："你们可不能小看法灯啊！"

当局者的事，要当局者才能解决。解铃还须系铃人。

女主人与女佣们

雅青

许多的不幸往往是自己造成的。

从前有一个寡妇，十分富裕，家里雇了几个女佣。

寡妇家的房子很大，田也不少。寡妇非常勤劳，只要家里的公鸡开始啼叫，她就一骨碌爬起床，把女佣全都叫醒。于是，一天的活儿就开始了：收拾屋子，揉面粉，烤面包，做饭，喂鸡，把山羊和奶牛赶到牧场吃草，把面包和饭菜给田里干活的男人们送去……

每天的活儿干也干不完，女佣们一个个牢骚满腹。

"目前的状况不能再继续下去了！"女佣们私下议论着。

"再这样下去我们非累死不可！"

"天还没大亮，她就硬把我们叫醒。"

"都是那只该死的公鸡……"

这时，一个女佣脱口而出：

"全是那只公鸡的错，我们把它掐死得了！"

其他女佣听了茅塞顿开，觉得这的确是一个绝妙的主意，于是晚上女佣们偷偷潜入鸡棚，把公鸡弄死了。

谁知，从那以后，女佣们的处境变得更糟了，因为寡妇现在没有了公鸡，心里直怕睡过头，耽误一天的活儿，反而醒得比以前更早。这样，女佣们也只能早早地起床了。

心灵寄语

许多不幸往往是自己造成的，事情的发展往往与人的预期背道而驰。

小鸟斗鹰王

夜 薇

　　从前，有一只巨大凶猛的老鹰在天空追击一群小鸟。它抓住了一只小鸟。老鹰抓着这只小鸟飞到远方，落在一座高山顶上，打算吃掉它，这时，小鸟对老鹰说："今天我被抓住吃掉，全是自己的疏忽大意造成的，我不求你饶恕。如果我不离开自己的家乡，就不会被你擒获了。

　　老鹰问它："你的家乡在哪里？"

　　小鸟答道："那高崖绝壁、深涧石缝里有我居住的老巢。在那里，你是无法抓住我的。"

　　老鹰便对小鸟说："今天我且放你回巢，让你一睹我那无比的威力，看我怎样再一次把你抓来。"

　　于是，小鸟飞回了自己的家乡，落在高崖绝壁的两块巨石之间。它远远地向老鹰挑战道："我在这里，你敢下来和我决一胜负吗？"

　　那老鹰接到小鸟的挑战，恼怒万分，就鼓动双翼，奋力俯冲下去，想一下子就把小鸟抓到手。小鸟见老鹰冲下来，急忙钻进石缝的巢中。那老鹰来势过猛，一下子碰在巨石上，两翅折断，掉进深涧摔死了。

心灵 寄语

　　当遇到比自己强大的敌人时不要慌张，要运用自己所有的优势去与敌人对抗。

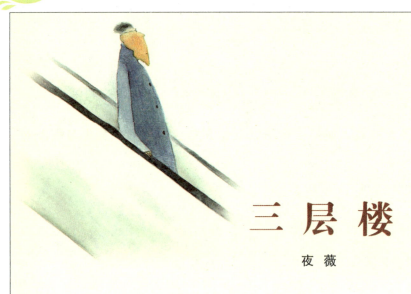

三 层 楼

夜 薇

古时候有个人，家里十分富有，就是愚蠢得很，什么道理都不懂。

一天，他到另一个富户人家去，见到一座三层楼房，高大华美、宽敞明亮，他非常羡慕。

他心想："我家的钱财不见得就比他家少，为什么不也造这样一座楼呢？"

于是，他把木匠叫来问道："你会不会建造他们家那样漂亮的楼房？"

木匠说："那就是我设计建造的呀！"

这人就说："那好，现在你就为我按那种样子造座楼！"

当下，木匠就动手测量地基，和泥垒坯，忙着建起楼来。这个蠢人见木匠一层层地垒坯造屋，心里疑疑惑惑的，不明白这到底是要干什么，就憋不住问道："你打算造什么样的楼呀？"

木匠回答说："当然是三层楼哇！"

蠢人忙说："我不想要下面那两层，现在你就给我造最上面的一层吧。"

木匠回答说："没有这种事！哪有不先造最下面一层就造第二层楼的？不造第二层楼，又怎么能造第三层啊！"

这个蠢人坚持说："我今天就是不要下面那两层，你非得给我造最上面那层不可。"

当时在场的人听了，笑得腰都直不起来了。

心灵 寄语

好高骛远的人总想一步登天，而实际是不可能的。任何事情，都必须脚踏实地，万丈高楼从地而起。

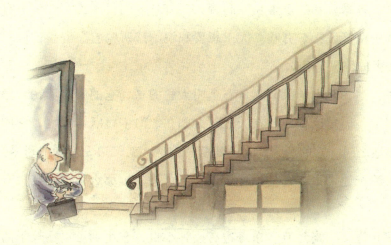

大鹏与焦冥

凌 荷

晏子是齐国有名的贤相。晏子很有学问，足智多谋，善于讽喻又敢于直谏，他经常跟齐王一起议论国家大事或谈论学问。

有一天，齐景公和晏子坐在一起聊天。齐景公问晏子说："天下有极大的东西吗？"晏子回答说："有哇。大王想要我说给您听吗？"齐景公说："我想知道天底下最大的生灵是什么？"

晏子说："在北方的大海上，有个叫大鹏的鸟，它的脚游动在云彩之中，背部高耸入青天，而尾巴则横卧在天边。大鹏在北海中跳跃着啄食，它的头和尾就充塞在天和地之间。它的两个阔大的翅膀一伸展，就无边无际看不到尽头。"

齐景公惊奇地说："真是不可想象！不可想象！那么，天下有没有极小的生灵呢？"

晏子回答说："当然有。东海边有一种小虫，它小到可以在蚊子的眼睫毛上筑巢。这种小虫子在巢里一代一代地繁衍生息。它们经常在蚊子的眼皮底下飞来飞去，可是蚊子连丝毫的感觉也没有。"

齐景公说："太妙了，我从来没有听说过这种新奇的事，那是什么虫子呀？"

晏子说："我也不知道它确切的名字叫什么，只听说东海边有些渔民称这种虫子为'焦冥'。"

齐景公十分感慨地说："世界之大，真是无奇不有哇！"

大鹏和焦冥，是先人们想象中的极大和极小的生灵。宇宙中物质的存在和运动，形式是极其复杂多样的，因此，我们对世界的认识和对知识的追求也是永无止境的。

心灵寄语

世间什么东西都存在，有最大的东西，也有最小的东西。问题在于你知道或不知道。它启示人们，要勤学多读，不断以新的知识武装自己的头脑，以便解决实际工作、生活中的问题。

虎与刺猬

冬 瑶

从前，有一只老虎，又笨又懒。有一天，它肚子饿了，想到野外找点东西吃。找着，找着，它看到一只刺猬朝天睡在前面的草地上，圆乎乎略带鲜红鲜红的，以为是块肉，便急急忙忙地走过去，正准备张口咬住它，冷不防被刺猬卷住了鼻子，老虎被这突如其来的袭击吓得不得了，鼻子上的刺猬越卷越紧，扔也扔不掉。它又疼痛又害怕，吓得赶快跑，赶快跑……

老虎跑着，跑着，一直跑到大山中，又困又乏，实在是不能动弹了，便无可奈何地躺在地上，不知不觉地昏昏沉沉睡了。受惊的刺猬见老虎不动了，对自己没有什么威胁了，这才放开老虎的鼻子，迫不及待地逃走了。

老虎一觉醒来，忽然发现鼻子上的刺猬走开了，也不再害怕了，用舌头舔了几下，觉得鼻子还在，很高兴，肚子饿也忘记了，便到半山腰的橡树下面去玩。老虎低头走着、玩着，不知不觉间看见一个橡子的壳儿，圆溜溜地躺在地下，以为又是只小刺猬。它心头猛一惊，不知不觉又有点儿害怕起来，害怕自己的鼻子又要被这只"小刺猬"卷着了，赶快侧着身子，提心吊胆但又不得不很客气地对橡子的壳儿说："我刚才遇上了您的父亲，您父亲真厉害呀！他的本领我已经领教过了。现在我不和您小兄弟计较了，还是希望您小兄弟让让路，放我走吧！"

心灵寄语

　　一个人在受到惊吓后，不要心有余悸，如果马马虎虎、粗枝大叶，到头来只能是自己吓自己。

黔驴技穷

妙 枫

　　古时候，贵州一带没有驴，那里的人们对于驴的相貌、习性、用途等都不熟悉。有个喜欢多事的人，从外地用船运了一头驴回贵州，可是一时又不知该派什么用场，就把它放到山脚下，任它自己吃草、散步。

　　一只老虎出来觅食吃，远远地望见了这头驴。老虎从来没有见过驴，看到这家伙身躯庞大，耳朵长长的，脚上没有爪，样子挺吓人的。老虎有点害怕，在心里琢磨：妈呀，什么时候跑出这么个怪物来了，看上去似乎不太好惹。还是不要贸然行事，观察一下再说吧。

　　连续几天，老虎都只敢躲在密密的树林里面观察驴的行为。后来觉得它好像不是很凶狠，就大着胆子小心翼翼地慢慢靠近它，但还是没有搞清楚它到底是个什么东西。

　　有一天，老虎正慢慢地接近驴，驴忽然长叫了一声，声音十分响亮。老虎吓了一跳，以为驴想吃掉它，转身就跑。跑到较远的地方，老虎又仔仔细细地观察了驴一番，觉得它似乎没什么特别厉害的本领。

　　又过了几天，老虎渐渐习惯了驴的叫声，于是它又进一步和驴接触，以便更深入地了解它。老虎终于走到驴身边，围着它又叫又跳，有时还跑过去轻轻挨一下驴的身体再跑开。

驴终于被老虎戏弄得愤怒极了，就抬起蹄子去踢老虎。开始的时候，老虎还稍有点惊慌，不久见驴再也无计可施，终于明白了，原来驴总共也只有这么一点伎俩。

老虎非常高兴，嘲笑驴说："你这个没用的大家伙，原来也就这么几招本事呀！"说着就跳起来扑上去，咬断了驴的喉管，吃光了驴的肉，心满意足地离开了。

貌似庞大的贵州驴，实际上外强中干，一点厉害的本领也没有，以至于被老虎摸清了底细，最后葬身在虎口之下。做人也要练就真本事，仅靠花哨的外表唬人，是不会长久的。到头来，吃亏的总还是自己。

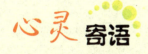

心灵 寄语

在不了解敌人的情况下，敌人看起来都很可怕，一旦掌握了敌人的特点，摸清底细，就没有什么可怕的了。

惊弓之鸟

安 玉

　　战国时魏国有一个有名的射箭能手叫更羸。有一天，更羸跟随魏王到郊外去游玩。玩着玩着看见天上有一群鸟从他们头上飞过，在这群鸟的后面，有一只鸟吃力地在追赶着它的同伴，也向这边飞来。更羸对魏王说："大王，我可以不用箭，只要把弓拉一下，就能把天上飞着的鸟射下来。""会有这样的事？"魏王真有点不相信地问。更羸说道："可以试一试。"过了一会儿，那只掉了队的鸟飞过来了，它飞的速度比前面几只鸟要慢得多，飞的高度也要低一些。这只鸟飞近了——原来是只掉了队的大雁，只见更羸这时用左手托着弓，用右手拉着弦，弦上也不搭箭。他面对着这只正飞着的大雁拉满了弓。只听得"当"的一声响，那只掉了队正飞着的大雁便应声从半空中掉了下来。魏王看到后大吃一惊，连声说："真有这样的事情！"便问更羸不用箭是凭什么将空中飞着的鸟射下来的。更羸笑着对魏王讲："没什么，这是一只受过箭伤的大雁。""你是怎么知道这只大雁是受过了箭伤的呢？"魏王更加奇怪了，不等更羸说完就问。更羸笑着继续对魏王说："从这只大雁飞的姿势和叫的声音中知道的。"更羸接着讲："这只大雁飞得慢是它身上的箭伤在作痛，叫的声音很悲惨是因为它离开同伴已很久了。旧的伤口在作痛，还没有好，它心里很害怕。当听到弓弦声响后，更害怕再次被箭射中，于是就拼命往高处飞。它心里本来就害怕，加上拼命一使劲，本来未愈的伤口又裂开了，疼痛难忍，翅膀再也飞不动了，它就从空中掉了下来。"

故事中的大雁听到弓弦声响后就惊惶万分，是因为它身上受过箭伤。

心灵 寄语

在某一件事情上吃过亏，于是就老是害怕再次发生类似的事情，可是越是担心就越有可能使自己处于不利地位。

钓鱼的诀窍

小 真

　　一天，林子在河水边散步。这河水波平如镜，清澈见底，有两位老汉在河边钓鱼，他们一人蹲在一块石头上，神情十分专注。

　　这时，林子看到其中一位老汉一次又一次地起竿，不断地将钓上来的鱼放进鱼篓里；而另一位老汉的鱼篓里却空空的，他一条鱼也没钓到。

　　这位没钓到鱼的老汉有些沉不住气了，他跑到那位钓鱼多的老汉身边，对他说："老哥，您已钓了这么多的鱼了，而我，从一早到现在连一条鱼也还不曾钓到。咱俩用的鱼食一样多，钓钩下去一样深，可是结果却完全不一样，这到底是怎么回事呢？"

　　那位钓鱼多的老汉说："您是问我钓鱼的方法吗？其实也没有什么特别的方法。只不过我有这样一些体会：比如说，在我开始放下钓钩时，我心里想的并不是钓鱼这件事，因此，我不急不躁，我的眼睛也很平和而不是四下搜索张望，我的神情也不变，鱼就放松了戒备，忘记了我是钓鱼人，它们在我的钓钩旁游来游去，因此很容易上钩，我也就容易钓到鱼。我看你呀，就不像我这样，而是心里老想着鱼，心情十分急切，眼睛老看着游来游去的鱼，这样你的神情变化太多太明显，鱼看到你这副神态，它们会十分紧张，自然都被吓跑了，那又如何钓得到鱼呢？"

经这么一开导，这位老汉才恍然大悟。于是他按那位老汉说的去做，静下心来，全神贯注。果然不大一会儿工夫，他也接连钓上来好几条鱼。

林子始终在一旁观察。他听到那位老汉的一番话，深有同感地叹道："他说得好哇！要想实现自己的目标，就一定得认真专注地按规律办事呀！"

心灵寄语

外部条件一样，可是方法不一样，结果就不一样。所以，无论做什么事，都得排除干扰，专心致志地按规律办事，才能有好的效果。

许缩的智慧

幻 夏

　　魏王决定建造一座很高很高的台阁，它的高度恰好是天与地之间距离的一半，并将这座高台起名叫"中天台"。很多人知道了魏王这个决定后，都觉得很荒唐，于是纷纷前来劝阻魏王。魏王感到非常生气，他传下命令说："谁要再来反对我的决定，一律杀头！"这样，大家都不敢再说什么了，只是在心里着急。

　　一天，有个叫许缩的人背着筐，拿着铁锹到王宫来求见魏王。他对魏王说："听说大王要建一座'中天台'，我愿前来助大王一臂之力。"

　　见到这个前来帮助建造高台的第一人，魏王感到很高兴。魏王问他："你有什么力量能够帮助我呢？"

　　许缩说："我没什么了不起的力量，我只是能帮助大王您商量建台的计划。"

　　魏王连忙高兴地问他说："你有什么高见？快讲来我听。"

　　许缩不慌不忙地说："大王您在建造高台之前，先得发动大规模的战争。"

　　魏王很不理解地说："你这是什么意思？"

　　许缩说："请大王听我分析。我听说天地间相距1.5万里，中天台的高度是它的一半，那就是7500里，要建7500里高的台，那么台基就得方圆8000里。现在拿出大王的全部土地，也远远不够做台基的。古时尧、舜建立的诸侯国，土地一共才方圆5000里。大王要建中天台，首先就得出兵讨伐各诸侯国，将各诸侯国的土地全部占领。这还不够，还得再去攻打四面边远的国家，得到方圆8000里的土地之后，才算凑齐了做台基的土地。另外，造台所需的材料、人力，造台的人需要吃的粮食，这些都要以亿万为单位才能计算；同时，在方圆8000里以外的土地上，才能种庄稼，要供应数目庞大的建台人吃饭，不知道还得要多大的土地才够用呢。所有这些，都必须先准备好了，才能动工造高台。所以，您应该先去大规模地打仗。"

许绾说到这里，魏王目瞪口呆，一句话也说不出来。后来，魏王当然是放弃了造中天台的想法。

许绾劝说魏王，循循善诱，以理服人，使魏王明白自己所要建的"中天台"只不过是毫无客观基础的盲目蛮干，它当然不可能实现。

心灵寄语

一味蛮干和独断专行是解决不了问题的，只有遵循客观事实、实事求是才能做出正确的选择和判断。

田忌赛马

紫 海

　　齐国的将军田忌经常同齐威王赛马。他们赛马的规矩是：双方各下赌注，比赛共设三局，两胜以上为赢家。然而每次比赛，田忌总是输家。

　　这一天，田忌赛马又输给了齐威王。回家后，田忌把赛马的事告诉了自己的高参孙膑。这孙膑是军事家孙武的后代，饱读兵书，深谙兵法，足智多谋，被庞涓谋害残了双腿。来到齐国后，很受田忌器重，被田忌尊为上宾。孙膑听了田忌谈他赛马总是失利的情况后，说："下次赛马你让我前去观战。"田忌非常高兴。

　　又一次赛马开始了。孙膑坐在赛马场边上，很有兴趣地看田忌与齐威王赛马。第一局，齐威王牵出自己的上马，田忌也牵出了自己的上马，结果跑下来，田忌的马稍逊一筹。第二局，齐威王牵出了中马，田忌也以自己的中马与之相对。第二局跑完，田忌的中马也慢了几步而落后。第三局，两边都以下马参赛，田忌的下马又未能跑赢齐威王的马。看完比赛回到家里，孙膑对田忌说："我看你们双方的马，若以上、中、下三等对等的比赛，你的马都相应的差一点，但悬殊并不太大。下次赛马你按我的意见办，我保证你必胜无疑，你只管多下赌注就是了。"

这一天到了，田忌与齐威王的赛马又开始了。第一局，齐威王出那头健步如飞的上马，孙膑却让田忌出下马，一局比完，自然是田忌的马落在后面。可是到第二局形势就变了，齐威王出以中马，田忌这边对以上马，结果田忌的马跑在前面，赢了第二局。最后，齐威王剩下了最后一匹下马，当然被田忌的中马甩在了后面。这一次，田忌以两胜一负而取得赛马胜利。

由于田忌按孙膑的吩咐下了很大的赌注，一次就把以前输给齐威王的都赚回来了不说，还略有盈余。

田忌以前赛马的办法总是一味硬拼，希望一局也不要输，结果因自己总体实力差那么一点，总是赛输了。孙膑则巧妙运用自己的优势，先让掉一局，然后保存实力去确保后两局的胜利，这样便保证了整体的胜利。

调查研究，积极开动脑筋，运用智谋在竞赛中有着重要的意义，在对抗竞赛中，胜败不仅取决于物质条件，策略的优劣也起着重要的作用。

郑人买履

问 香

　　郑国有一个人，眼看着自己脚上的鞋子从鞋帮到鞋底都已破旧，于是准备到集市上去买一双新的。

　　这个人去集市之前，在家先用一根小绳量好了自己脚的长短尺寸，随手将小绳放在座位上，起身就出门了。

　　一路上，他紧走慢走，走了一二十里地才来到集市。集市上热闹极了，人群熙熙攘攘，各种各样的小商品摆满了柜台。这个郑国人径直走到鞋铺前，里面有各式各样的鞋子。郑国人让掌柜的拿了几双鞋，他左挑右选，最后选中了一双自己觉得满意的鞋子。他正准备掏出小绳，用事先量好的尺码来比一比新鞋的大小，忽然想起小绳被搁在家里忘记带来。于是他放下鞋子赶紧回家去，急急忙忙地返回家中，拿了小绳又急急忙忙赶往集市。尽管他快跑慢跑，还是花了差不多两个时辰。等他到了集市，太阳快下山了。集市上的小贩都收了摊，大多数店铺已经关门。他来到鞋铺，鞋铺也打烊了。他鞋没买成，低头瞧瞧自己脚上，原先那个鞋窟窿现在更大了。他十分沮丧。

　　有几个人围过来，知道情况后问他："买鞋时为什么不用你的脚去穿一下，试试鞋的大小呢？"他回答说："那可不成，量的尺码才可靠，我的脚是不可靠的。我宁可相信尺码，也不相信自己的脚。"

这个人的脑袋真像榆木疙瘩一样死板。而那些不尊重客观实际，自以为是的人，不也像这个揣着鞋尺码去替自己买鞋的人一样愚蠢可笑吗？

心灵寄语

做事要善于变通，要根据实际情况做事；做事不能迷信教条，不尊重客观实际是不会取得成功的！

神龟的智慧

之 柔

有一只神龟被一个打鱼人捉住了，于是神龟托梦给宋国国王宋元君。

这天夜间，宋元君睡梦中只见一个人披头散发、探头探脑地在侧门窥视，并对宋元君说："我住在一个名叫宰路的深潭里。我替清江水神出使到河伯那里去，路上，被一名叫余且的渔人捉住了。"

宋元君早上醒来，想起夜间的梦，觉得奇怪，于是叫人占卜这个梦。占卜的人说："这是一只神龟给大王托的梦。"宋元君问左右的人说："有没有一个叫余且的渔人？"左右回答说："有一个渔人就叫余且。"于是，宋元君命令手下人传余且来朝见。

第二天，余且来见宋元君。元君问他说："你打鱼捉到了什么东西？"余且回答说："我用渔网捕到了一只大白龟，龟的背围足有五尺长哩。"宋元君命令余且将白龟献上。余且赶忙回家将捉到的白龟献给了宋元君。

宋元君得到这只神龟后，几次想杀掉它，又几次想把它养起来，心中总是犹豫不决，最后只好请占卜的人来做决断。占卜的结果是："杀掉这只龟，拿它做占卜用，这是吉利的。"于是，宋元君命人将白龟杀死，剖空它的肠肚，用龟壳进行占卜，总共卜了七十二次，竟然次次都灵验。

后来，孔子对这件事深有感慨地说："这只神龟有本事托梦给宋元君，却没有本事逃脱余且的网；它的智慧能达到七十二次占卜没有一次不灵验的境地，却不能避免自己被开肠剖肚的灾祸。这样看来，聪明也有受局限的地方，智慧也有照应不到的事情。"

心灵 寄语

一个人的聪明才智哪怕再高，也比不上大家的智慧。因此，只有万众一心，群策群力，才能把事情做得比较周全。

背叛的下场

李光辉

背叛朋友的人，都会受到严厉的惩罚。

狼对狗说："你们和我们几乎完全一样，咱们为什么就不能亲如兄弟？我们和你们其他方面毫无差别，可是你们却要屈服于主人，被套上颈圈，保护羊群。尽管你们劳累工作，甘心做奴隶，但仍免不了遭鞭打。你们若认为我说得对，那羊群就都归我们了。"那些狗同意了。狼走进羊圈里，首先把狗全咬死了。

那些背叛朋友的人，都会受到严厉的惩罚。如果你背叛了自己的朋友，那所有人也会背叛你。

刻舟求剑

用静止的眼光去看待不断发展变化的事物，必然要犯脱离实际的主观唯心主义错误。

狐狸上当

王新龙

很早以前，村边的山上住着一只狐狸。村边的河滩上，住着一只水獭。

一个很冷的晚上，狐狸下山寻找食物，来到河滩上，闻到从水獭的小屋里飘出来一股诱人的烧鱼的香味。

狐狸推开门，看到水獭正在通红的炭火上烤着一条大鱼，正烤得"嗞嗞"地响。

狐狸流着口水说："水獭阁下，请分给我吃点儿吧。"

水獭看到在这么冷的晚上来做客的狐狸，就把刚烤好的鱼给它吃了。

狐狸非常高兴，当下和水獭约定，明天晚上它要准备山鸡、野鸭，放入油盐调料烤制，用上等的山珍美味招待水獭。

第二天晚上，水獭按约上山，来到狐狸的小屋前，可屋里一点儿动静也没有。

水獭推开门，屋里连火都没有生。只见狐狸盘腿而坐，两眼向上，望着天井。

水獭大声说："狐狸阁下，我来了！山珍美味在哪儿？"

狐狸装作没听见，两眼还是望着天井，不管水獭怎么叫它，连理都不理。

"骗人的家伙！"水獭气得直咬牙，只好回去了。

第二天晚上，水獭正在通红的炭火上烤着鱼，狐狸又来了。

"水獭阁下，水獭阁下。"狐狸推开门。

水獭看着狐狸的脸说："昨晚我那样地叫你，你连理也不理。这次我不给你吃了。"

狐狸说："昨晚实在对不住，因为那时我正在和天神说话。明晚我一定好好招待你。"说着，拿起一条烤好的鱼又吃了。

第二天晚上，水獭心想这次可以尝到狐狸精心烤制的山鸡、野鸭、山珍美味啦，于是又上山来到狐狸的小屋前。

可屋里还是没有一点儿香味。

水獭推开门，屋里还是连火都没生。狐狸盘腿坐着，不过这次是两眼向下，看着地。

"狐狸阁下，狐狸阁下。"水獭连喊数声，狐狸还是一声不吭，两眼只顾望着地。

"狐狸，你又骗我了！"水獭怒气冲冲地又回去了。

第二天晚上，狐狸又恬不知耻地来到水獭的小屋里。

"水獭阁下，不要生气。昨晚实在对不住，因为那时我正和地神说话。"说着，拿起一条烤好的鱼，又要吃。

水獭一把抓住它的手，说："慢！你老骗我，这次绝不给你吃了。"

狐狸一见不成，便又花言巧语地对水獭说："水獭阁下，请息怒，息怒。怪你去得不巧，昨晚和地神说话，前晚和天神说话，必须心诚才好。所以……"

两次受骗的水獭再也不听它那一套了，就自己拿起烤好的鱼吃了起来。

狐狸眼巴巴地看着它，忍不住流起口水，向前凑凑说："请问水獭阁

下，怎样才能捉住鱼呢？"

水獭抹了抹嘴，慢吞吞地说："要在星光闪亮、河里结冰的晚上，在冰上打一个洞，把尾巴伸进去，不住地在水中摇来摇去。鱼以为是吃的，就会死死咬住，但要耐心等到天亮，一抽尾巴，就可以把鱼带出水面。"

狐狸一听，连声道谢，高高兴兴地回去了。

第二天晚上，繁星点点，刺骨寒冷，河里结了冰。

狐狸心想这真是天公的美意，就来到河边，在冰上砸开一个洞，把粗粗的尾巴伸进去，坐在冰上，把尾巴在水里摇来摇去。

等到半夜，星光更亮，河里的冰结得更厚了。狐狸还扬扬自得地在水里摇着尾巴，心想鱼儿快要上钩了。

东方渐渐发白，天更冷了。狐狸全身都要冻僵了，但它仍忍耐着。太阳慢慢地升起来了，狐狸心想这下该行了，便起身想拔尾巴，可怎么拔也拔不出。狐狸以为，肯定是条大鱼死死地咬住了尾巴，便又用力拔，可和冰紧紧冻在一起的尾巴怎么也拔不出。

狐狸急了，一边暗暗祷告，一边又用力挣脱，可还是拔不出，狐狸更加着急了。

这时，不远处传来孩子们的声音。

"糟了！糟了！"狐狸吓得哭了起来，又拼命挣扎。这当儿，孩子们已围了过来。

"啊！狐狸！狐狸！快打！快打！"孩子们手持木棍，一个劲儿地打起来。

狐狸痛得直叫，猛地向上一蹿，尾巴断了。它顾不得疼，拖着半截尾巴，流着血仓皇地逃回山里去了。

此时，那只水獭正趴在自己的小屋门前，得意地看着狐狸的凄惨样儿呢！

心灵寄语

　　无论何时，千万不要想去伤害别人。伤害别人就是伤害自己！诚实地对待别人，别人才能同样地对你。

盲人夫妇

天 云

　　从前有一对夫妇，两人都长得五官端正、眉目清秀、姿态俊美，可称得上举世无双。丈夫贤良、妻子温柔，两口子你敬我爱，终日无厌。

　　这样和美的日子没过多久，突然间夫妻两人都双目失明了。他们相惆相怜，唯恐谁被别人欺凌，丈夫怕失去妻子，妻子怕失去丈夫，夫妻俩厮守同坐，一会儿也不离开。

　　许多年以后，他们的亲朋好友从远方为他们觅得了名医良方。亲友们把煎好的药拿给他们吃，两人刚吃下去，眼睛一下子又都重见光明了。

　　这时候，丈夫发现妻子的容貌已改，痛心地高声呼叫："谁把我的妻子换走了？"妻子看见丈夫已经面老皮皱，也悲哀地高喊："谁把我的丈夫抢去了？"

　　亲友们明白了事因，就劝解他们说："年轻时的美貌丽姿，随着岁月的流逝而失去了。人到老年，气弱力衰、面皮粗皱、美容不再。要是拿衰老的容貌与青春的容貌相比，岂不是跟钻冰取火同样荒唐吗？你们为什么还要悲呼哀叫，互不相认呢？"

　　夫妻二人对着镜子一照，自己感叹道："年纪已经衰老，华姿美色怎么能够长留不去呢？艳容玉貌只在一时，为什么还要悲愁哀怨、徒增烦恼呢？"

心灵 寄语

　　容颜会随着时间的流逝老去，只有爱永不变，忠诚和信念胜于容貌。只要心中有爱就可以永远年轻。

狼 挂 钩

凌 曼

天黑了，有一个屠夫挑着一担没有卖完的猪肉急急忙忙回家。忽然，一只狼跑来，看见担中的肉，馋得流出了口水。屠夫看到了狼，吓得疾步而行，狼在后面紧紧跟着，没有半点松懈的意思。屠夫害怕了，便拿出白晃晃的屠刀，狼稍微退后了一些。待屠夫挑担一走，狼又跟上来了。

屠夫实在摆脱不掉狼，在心中盘算起来：狼想要的，无非是担中的肉。不如暂且把肉挂在树上，待明天一早再来取也不迟。于是，他用铁钩儿钩好肉，踮着脚把肉挂在了树杈上，又特地让狼看看那空空的担子。狼这才停止了追赶。这时，屠夫便撒腿跑回了家。

第二天，天刚蒙蒙亮，屠夫就去取肉。他远远地看见那树上悬挂着一个巨大的家伙，好像是一个人吊死在那里，可把他吓坏了。他犹豫了片刻，迟疑地走近一看，原来是昨天那只狼吊死在那里了。屠夫抬头细看，只见狼的嘴里咬着肉，那锋利的挂钩钩住了狼的上颚。那样子，就像鱼吞了钓饵一般。

屠夫很幸运地得到了一张狼皮，狼皮很贵，他把狼皮卖了，赚了不少钱。

心灵 寄语

　　贪婪是最大的敌人，狼因为一块肉丢掉了性命，屠夫却因为舍弃了一块肉而得狼。

次菲斩蛟

佚 名

　　楚国有个名叫次菲的人，在一次旅游时来到吴国干遂这个地方，得到了一把非常锋利的宝剑，高高兴兴地回楚国去。

　　次菲在返回楚国的途中要过一条大江，便乘船渡江。当渡江的小木船行到江中心时，忽然从水底游来两条大蛟，异常凶猛地向这条小木船袭击过来，很快地从两边缠住渡船不放，情况非常危急，所有乘船过江的人都吓呆了。这时，次菲向摆渡的船夫问道："您在江上摇橹摆渡多年了，您曾经见到或听到过有两条大蛟缠住船不放而船上的人还能够有活下去的可能吗？"船夫回答说："我驾船渡江几十年，也不知送过多少人过江，不要说没见到，还从来没有听说过有这样的事情而船上的人是没有危险的。"次菲想：如果不除掉这两条恶蛟的话，全船的人就会有生命危险。于是他立即脱去外衣，撸起衣袖，抽出从吴国干遂得到的宝剑，对船上的人说："这两条大蛟如此凶恶，也只不过是这江中一堆快要腐烂了的骨和肉，还怕它干什么？为了保全船上所有人的生命，我即使丢掉了这柄刚刚得到的上好宝剑，甚至是我个人的生命，也没有什么可惜的。"说完，他就毫不犹豫地手持宝剑跳到江中向缠住渡船不放的大蛟砍去，经过一场紧张、激烈的人与恶蛟的争斗，次菲挥剑斩了那两条大蛟，从容不迫地回到船上来。就这样，次菲斩除了两条大蛟，保住了渡江的小木船，挽救了全船人的生命。

心灵寄语

　　在危急存亡的关头，为了大众利益要挺身而出、迎难而上，不要畏首畏尾、苟且偷安。

愚人失袋

亦 白

　　从前，有个愚人到京城去参加考试。他所带的钱财就放在一个带锁的皮袋中。愚人十分担心他的财物会被人偷去，于是便将皮袋的钥匙系在自己的腰带上，从不离身。他想只要钥匙还在，人家便开不了皮袋，也就没什么可怕的了。于是他对皮袋看得不那么严了。

　　果然有一天，愚人取钱的时候发现皮袋没有了，怎么也找不到，看来是让人给偷走了。他的朋友很为愚人着急，劝他说："快去报官吧，不然晚了，就是抓到小偷，只怕你的钱也追不回来了。"愚人却现出一副满不在乎的样子："我都不急，你急什么呢？告诉你吧，贼人虽然把我的皮袋偷去了，但他却没法用我里面的东西。"看着朋友一脸惊奇的样子，愚人笑了。他得意扬扬地掀开衣襟，从腰间解下钥匙在朋友眼前晃了晃说："幸亏我想得周到，一天到晚都把皮袋的钥匙拴在腰带上，贼人没法偷走。既然他得不到我的钥匙，光偷了个皮袋去，他用什么来把我的皮袋打开呢？"

　　这个愚人也真是会自我安慰，皮袋都没了，剩一把钥匙有什么用呢？更何况小偷用别的办法一样能把皮袋打开呀。可见我们不能够盲目地自我麻痹，安于现状，否则就会遭受损失。

心灵寄语

　　自我安慰、安于现状是愚蠢的人做的事情。聪明的人会防患于未然，从根本上解决问题。

刻舟求剑

靖 玉

有一个楚国人出门远行。他在乘船过江的时候，一不小心，把随身带着的剑落到江中的急流里去了。船上的人都大叫："剑掉进水里了！"

这个楚国人马上用一把小刀在船舷上刻了个记号，然后回头对大家说："这是我的剑掉下去的地方。"

众人疑惑不解地望着那个刀刻的印记。有人催促他说："快下水去找剑呀！"

楚国人说："慌什么，我有记号呢。"

船继续前行，又有人催他说："再不下去找剑，这船越走越远，当心找不回来了。"

楚国人依旧自信地说："不用急，不用急，记号刻在那儿呢。"

直至船行到岸边停下后，这个楚国人才顺着他刻有记号的地方下水去找剑。可是，他怎么能找得到呢。船上刻的那个记号是表示这个楚国人的剑落水瞬间在江水中所处的位置。掉进江里的剑是不会随着船行走的，而船和船舷上的记号却在不停地前进。等到船行至岸边，船舷上的记号与水中剑的位置早已相去甚远了。这个楚国人用上述办法去找他的剑，不是太糊涂了吗？

在岸边他从船上下到水中，白费了好大一阵工夫，结果毫无所获，还招来了众人的讥笑。

用静止的眼光去看待不断发展变化的事物，必然要犯脱离实际的主观唯心主义错误。

狐狸和猴子

雪 容

河的中央有一个小洲，洲上长着一株桃树，树上结满了桃子。

狐狸想吃桃子，可是过不了河。

猴子想吃桃子，也过不了河。

狐狸便和猴子商量，一同设法架桥过去，摘下桃子，各分一半。

狐狸和猴子一同花了很大力气，去扛了一根木头来，从这边架到河的小洲上，成了一座独木桥。

这座桥太狭窄了，两个不能同时走，只能一个一个过去。

狐狸对猴子说："让我先过去，你再过去吧！"

狐狸走过去了。黑心的狐狸想独自一个吃桃子，便故意把木头推到河中去了。

接着，狐狸哈哈笑起来，说：

"猴子，请你回去吧，你没有口福吃桃子！"

猴子非常生气，可是它也马上笑起来说：

"哈哈！你能够吃到桃子，可是你永远回不来啦！"

狐狸听了非常着急，没有办法，只好苦苦哀求猴子：

"猴子，我们是好朋友，请你替我想个法子让我回去吧！"

猴子连一句话也不回，独自走了。

心灵寄语

俗话说，占小便宜吃大亏，有时候为了一点小便宜就会使自己陷入很不利的境地。

智擒鱼鹰

靖 翠

　　有一个人的家里有一片鱼塘，他每年都要靠这片鱼塘赚些钱，来养活自己和家人。可是鱼塘附近有好多鱼鹰，常常一群群地来抓鱼吃，赶也赶不走，抓又抓不住，养鱼人为此很是发愁。

　　有一天，鱼鹰又来吃鱼，养鱼人跑过去冲它们挥挥手，鱼鹰便受惊跑了。养鱼人忽然灵机一动，想出个好办法。他扎了一个稻草人，让它伸开两臂，穿着蓑衣，戴着斗笠，还拿了一根竹竿，就像一个养鱼人的样子。

　　养鱼人把稻草人插在鱼塘里吓唬鱼鹰。起初，鱼鹰以为是真人，因此很害怕，只敢在草人的上空盘旋，一点都不敢接近它。

　　这样过了几天，鱼鹰果然没再来吃鱼。可是渐渐地，它们见鱼塘里的人总是一动不动，就起了疑心，不断地大着胆子飞下来看。这样一来，它们很快就发现这是个假人了，就又飞下来啄鱼吃。

　　鱼鹰吃了一条条的鱼，肚子吃饱了，就站在草人的斗笠上，边晒太阳边休息，很是悠闲，还不停地发出"假假、假假"的叫声，好像是在嘲笑养鱼人说："假的，假的，这个人是假的呀！"

养鱼人生气极了，他恨恨地盯着得意扬扬的鱼鹰，良久，他忽然心生一计。趁着鱼鹰不在的时候，养鱼人悄悄把草人从鱼塘里拔出来拿走了，自己披上蓑衣，戴上斗笠，手里拿根竹竿，像草人一样伸开双臂站在鱼塘里面。

过了一会儿，鱼鹰又来了，它们以为鱼塘里还是原先的假人，就又放心大胆地下来吃鱼。吃得饱饱的，鱼鹰又飞到养鱼人的斗笠上休息，"假假、假假"地叫唤着。养鱼人趁着它不注意，一伸手就抓住了鱼鹰的爪子。鱼鹰使劲地鼓动着翅膀，可是怎么也挣不脱。养鱼人笑呵呵地说："原先是假的，可是这一回是真的呀！"

心灵 寄语

事物总是不断发展变化的，如果一成不变地凭老经验办事，不注意发现新情况，就免不了会吃大亏。

狼与小羊

恨 雁

有一天，狼沿着河岸往下游走去。突然，它看见在离它不远的河对岸，有一只小羊在低头饮水。

可是，在狼站着的地方，河面很宽，狼没法跳到河对岸去吃那只小羊。不过，朝前望去，河面则在渐渐变窄。而羊站的那个地方，狼跳过河就轻而易举了，但狼担心，生怕等它走到那儿，小羊早就离去了。

所以，狼一边向前走，一边主动同小羊搭腔，设法缠住它，不让它离去。

"喂，小羊！你为啥搅浑河水，不让我喝呢？"狼气势汹汹地对小羊嚷道。

"狼先生，我在你的下游，怎么可能搅浑你那儿的水呢？"可怜的小羊回答说。

狼不停步地继续往前走，同时，又捏造出小羊的另一条罪行。

"我听说，你去年曾辱骂过我的父亲！"狼语气严厉地对小羊说。

"这是绝对不可能的！去年我还没有出生呢！"无辜的小羊辩解说。

在此期间，狼已走到了河面很窄的地段，只见它纵身一跳，跃过了河，落到了惊恐万状的小羊身边。

"你也许能言善辩，找出各种各样的理由，但是，这并不意味着我不该吃掉你。"

说罢，狼扑上去把羊吃了。

面对恶人，做任何正当的辩解都是无效的，在这种情况下就必须与其对抗。

狐假虎威

佚 名

有一天，一只老虎正在深山老林里转悠，突然发现了一只狐狸，便迅速抓住了它，心想今天的午餐又可以美美地享受一顿了。

狐狸生性狡猾，它知道今天被老虎逮住以后，前景一定不妙，于是就编出一个谎言，对老虎说："我是天帝派到山林中来当百兽之王的，你要是吃了我，天帝是不会饶恕你的。"

老虎对狐狸的话将信将疑，便问："你当百兽之王，有何证据？"狐狸赶紧说："你如果不相信我的话，可以随我到山林中去走一走，我让你亲眼看看百兽对我望而生畏的样子。"

老虎想这倒也是个办法，于是就让狐狸在前面带路，自己尾随其后，一道向山林的深处走去。

森林中的野兔、山羊、花鹿、黑熊等各种兽类远远地看见老虎来了，一个个都吓得魂飞魄散，纷纷夺路逃命。

转了一圈之后，狐狸扬扬得意地对老虎说道："现在你该看到了吧？森林中的百兽，有谁敢不怕我？"

老虎并不知道百兽害怕的正是它自己，反而因此相信了狐狸的谎言。狐狸不仅躲过了被吃的厄运，而且还在百兽面前大抖了一回威风。

对于那些像狐狸一样仗势欺人的人，我们应当学会识破他们的伎俩。

心灵 寄语

凡事应开动脑筋，不能盲信盲从，否则，就会闹出笑话。只要认真分析就不会被假象迷惑。

猴子与野鸡

静 珍

猴子和野鸡合伙种田。到了该筑田埂的时候了，野鸡对猴子说："猴大哥，猴大哥，大家都在筑田埂呢，咱们俩也该去筑了。"

猴子听了后，说："可是，鸡老弟，我的脚痛，这时候我可筑不了田埂啊。"

生性老实的野鸡说："好吧，那你好好保养保养，我自个儿来！"它就独自筑了田埂。

过了几天，该平整土地了。野鸡对猴子说："猴大哥，猴大哥，别的地方已经开始耕田了，咱们的田该怎么办？"

猴子说："唉！我今天头疼得厉害。"

生性老实的野鸡又说："你要是头痛的话，好好休息，耕田我自己干！"说完它独自耕了田。

不久，该插秧了。野鸡对猴子说："猴大哥，猴大哥，该插秧了！"

猴子说："真糟糕，这两三天，我的肚子痛得很厉害，真的不能插秧。"

"那么，猴大哥，你休息好了，我来插秧。"这一回又是野鸡独自插了秧。

经过浇水、薅草，过了立秋，又是金黄色的季节了。累累稻穗，沉甸甸的，快到开镰收割的季节了。

"猴大哥，猴大哥，别的地方已经开始割稻子了，咱们的稻子该怎么办？"

"真没有办法，我得了腰疼病，还有手脚痛，头也痛，怎么割稻呢？"

"噢，好的！好的！"野鸡说罢，又独自很利索地割稻、晒干、脱粒、磨米什么的，全都干完了。

正在这时候，奇怪的是猴子来到野鸡家里对它说："鸡老弟，鸡老弟，过去完全让你一个人干活，得到你许多照顾，今天该我来做年糕给你吃了！"

"那太好了！"于是它们开始做年糕，洗米，搬石臼，噼里啪啦地舂起米来。

把米捣完后，猴子说："小鸡，小鸡，你给我拿出一大张纸来。"

野鸡说："好的，好的。"正当它去厨房这么一阵工夫，猴子把石臼里的年糕用捣杆一挑，便逃进深山里去了。

野鸡看见这情况大声嚷着："没脸的猴子，没脸的猴子！"从后面追赶。

可是，猴子因为逃跑得太慌张，把年糕掉进草丛中了，而猴子竟一点儿也没有发觉。跑了很远一段路后，猴子自言自语道："现在野鸡大概正哭丧着脸呢！"

它一边说，一边把捣杆卸下，想吃年糕，可是一看，连一点儿年糕渣也没有了。猴子想：完了！它立刻沿着原路跑回去，从那边草丛中到这边树枝上，还有路上各个地方，拼命地寻找着。它慢慢顺着原路走回去的时候，忽然看见野鸡在草丛中，用嘴呼呼地吹着沾满尘土的年糕，把年糕弄干净，然后从年糕的一头，开始啃起来。

这时猴子很焦急地走到野鸡身边说："鸡老弟，鸡老弟，草丛中的年糕是什么味道？"

"草丛中的年糕，去掉尘土吃起来还是好吃

的！"

"那么，能不能给我一点儿吃？"

"猴大哥，你还是去吃你那挑在杵上的年糕吧，草地上的年糕我来吃！"

心灵寄语

好吃懒做，自私自利的人不仅最终会一无所获，而且还会失去别人的信任和友情。

渔夫与小梭鱼

佚 名

　　渔夫把网撒到海里，捕到了一条小梭鱼。可怜的小鱼求渔夫把它放了。"我现在太小了，"它又许愿说，"待我长大后你再来捉我，那时将对你更有好处。"渔夫说："现在我要是放弃了手中的小利，而去追求那希望渺茫的大利，我就会什么也得不到了。"

　　贪婪的人才会放弃已到手的小利，而去追求那种虚无的大利。

骆驼受骗

谷 曼

在某一个城市里，有一个商人，他用一百只骆驼驮了贵重的衣服，向着某个方向出发。有一只骆驼，因为驮的东西太重了，受不了那个苦，四肢无力，就倒下去不动了。这个商人于是就把它的东西分驮到别的骆驼身上，心里想："这里是人迹罕至的树林子，在这个地方是不能停留的。"他把这只骆驼丢下，就走了。商队走了以后，这只骆驼就开始慢慢地到处漫游、吃草。这样，过了几天，它就壮实起来了。

在这个树林子里住着一只狮子，它的听差是一只豹子、一只乌鸦和一只豺狼。这些家伙在树林子里巡游的时候，看到了商队丢下的那只骆驼。狮子看到这个从来没有见过的引人发笑的动物，就问道："这片树林子里从来没有见过这东西，它是谁呀？"

于是了解实际情况的乌鸦就说道："这是一只骆驼，在世界上大家都知道的。"

于是狮子问道："喂！你是从哪儿来的呀？"骆驼就把它同商队分离的经过一五一十地照实说了。狮子为了加恩于它，就赐给它无畏。

有一次，狮子同一只大象打架，象牙把它的身体戳伤了，它留在洞里休养。五天过去了，它的听差都因为没吃到东西眼看就要陷入绝境了。

狮子看到它们衰弱下去，说道："我因为受伤生病，不能像以前那样给你们弄食物了。你们现在自己努力干一下吧！"

它们说道："现在陛下这个样了，我们还保养什么呢？"

狮子说道："你们为臣子的，这种举动是好的，你们对我的依恋也是好的。我现在已经成了这个样子了，你们去把食物拿来吧！"因为它们什么也不回答，它又对它们说道："喂！不要这样羞羞答答的！去找一只什么野兽吧！我虽然是这个样子，但仍然要弄一些食物。"

于是它们四下开始游荡起来了。当它们什么东西都看不见的时候，乌鸦和豺狼就商量起来。

豺狼说："喂，乌鸦呀！这样乱跑有什么用呢？骆驼这家伙同我们的主子搞得非常亲密，我们把它杀掉就可以得到食物了。"

乌鸦说道："你说得很对，但是主子已经赐给它无畏了。它也许是杀不得吧。"

豺狼说："这倒是真的，但是我能做到让主子同意杀它。你先在这里等一会儿，我回家一趟，把主子的意见带回来。"这样说过之后，它就急急忙忙到主子那里去了。

它找到了狮子，对它说道："主子呀！我们已经把整个林子都走遍了，现在我们饿得连一步都走不动了。陛下也要吃一些东西的。因此，如果陛下下令的话，今天就能用骆驼的肉当作食物。"

狮子听到这些残忍的话以后，气呼呼地说道："呸！呸！你这个坏蛋！如果你再这样说，我立刻就把你杀掉。因为我已经把无畏赐给它了，我怎么能够再把它弄死呢？"

豺狼说道："主子呀！如果你已经赐给它无畏而又把它杀掉，这当然是你的罪过。但是，如果是它自己出于对陛下的爱戴而愿意献出自己的性命，这就不是你的罪过了。不然的话，我们中间的一个就要被吃掉了。为什么呢？陛下要吃东西，如果没法子把饥饿止住的话，那你就要进入彼岸世界了。我们不服侍主子，活着还有什么意思呢？如果陛下遭到什么不测的话，我们一定要随着你到任何地方去。"

狮王听了以后，说道："如果要这样的话，那你愿意怎样做，就怎样做吧！"

豺狼听了这话，赶快跑了出去告诉其他几个听差，说道："哎呀！主子的情况很不妙呀！生命的气息已经到了鼻子尖上了。没有了它，在这片树林子里，谁做我们的保护者呢？它已经饿得快到另一个世界去了，因此我们要到它那里去，把我们自己的身体献给它，这样一来，主子曾给了我们很多恩惠，我们也就报了恩了。"

狮子看到了它们，说道："喂，喂！你们找到了或者看到了什么野兽吗？"

乌鸦回答："主子呀！我们到处都跑遍了，可是我们没有看到什么野兽哇！因此，现在就请主子把我吃掉维持自己的生命吧！这样一来，主子的身体能够强壮起来，我呢，也可以升天有望了。"

豺狼听到了以后，说道："你的个儿太小了。主子把你吃掉，它的性命还是不能延续下去。此外，他还会犯一次罪。因此，你已经表达了你对主子的依恋爱戴，你已经在两个世界中获得了名声，请你现在站开点儿，好让我也来跟主子说几句话。"于是，豺狼恭恭敬敬地磕过头，说道："主子呀！你今天把我吃掉来维持你的生命吧！"

听到这句话以后，豹子开了腔："喂！你说得真对呀！可是你的个儿也不大呀，而且你我还是同类——你也有爪子——你是吃不得的。因此，你也往后退一退，好让我也跟主子说几句话，让他高兴一下。"于是，豹子磕头，说道："主子呀！你今天用我的生命维持你的生命吧！你给我在天上找一个永世不朽的住处，让我的名声远播四海吧！因此，你在这里一点儿用不着迟疑。"

听了这话以后，骆驼心里就琢磨起来："这些家伙都说了很多漂亮的话，但是主子一个也没有杀掉它们。我看这正是时候，我也要说上几句，好让这三个家伙把我的话也反驳掉。"它于是下定决心说道："对呀！你说得真不错呀！不过呢，你也是一个有爪子的家伙，主子怎么能够把你吃掉呢？因此，你也往后退一退吧，好让我也来跟主子说上几句话！"于是，骆驼走上前去，磕过头，说道："主子呀！这些家伙你都吃不得，那么你就用我的生命来维持你的生命吧！这样我也可以获得两个世界的美名了。"

骆驼这样说过以后，豹子和豺狼得到了狮子的同意，把它的肚子撕开，乌鸦把它的眼睛啄出来，骆驼就死去了。它们这些饿得要命的猛兽，就把它吃掉了。

心灵寄语

追求安逸，和非同类混在一起，最后受陷害致死，这是不知自己位置、不分敌友的下场。

跳蚤和公牛

王新龙

有一天，跳蚤问公牛："你这般高大强壮而且勇敢，为什么还终日去为人们耕作？而我这只区区的小虫，却能毫无顾忌地去叮咬人，大口地吸他们的鲜血！"公牛回答说："我一定要报答人类的恩德，因为他们都喜欢我，经常替我擦洗身体，并抚摸我的额角，我从他们那里得到了爱。"跳蚤说："你喜欢的这些方式，我都受不了。人们一旦抓住我，用对付你的方法对待我，将会要我的命。"

心灵寄语

得到什么样的待遇，就会采取什么样的态度去回报。只要用爱心去对待别人，别人也会这么对待你的。

飞蛾扑火

人们追名逐利，正如飞蛾扑火一般。飞蛾扑火被人们笑其愚蠢；而那些追名逐利以至于身败名裂的人，不是更加可笑吗？

鹪鹩和鹰

佚 名

很早很早以前，深山里住着鹪鹩和老鹰。

老鹰为自己有一张锐利的嘴、一对尖尖的爪子和一双健壮的翅膀而得意扬扬。

"鸟的种类虽然很多，可是像我这样的良种鸟，恐怕是独一无二的吧！"

说来倒也是那么回事。老鹰的确漂亮，其他的鸟儿一到它的跟前，便自惭形秽地缩成一团。这下老鹰更神气了。

"哈哈！我是鸟中之王！"老鹰趾高气扬地说。

鹪鹩与老鹰相比，显然十分渺小。它的个子比麻雀还小，经常悄悄地在角落里飞来飞去，过着平凡的生活。

可是，鹪鹩感到老鹰实在太骄傲了。

有一天，它对着老鹰叫喊道："鹰哥！鹰哥！"

"什么东西，谁在叫我鹰哥？"

老鹰回过头去，发现了蹲在角落里的鹪鹩。

"原来是你在叫我呀，像苍蝇似的小东西，好难找哇！哈哈哈哈……"

"鹰哥，不要见笑，我身材虽小，可是我的智力与我的身材毫无关系。"

"什么，鹪鹩，按你这么说，你还是很聪明的呀！"老鹰摆出一副将信将疑的神情。

"也许是这样吧！你要不信，咱俩就来比赛一下，斗斗智，你看怎么样？"

"什么，斗智？你这小小的鹪鹩和我这巨大的老鹰斗智！好，来吧！"老鹰两眼炯炯，满不在乎地说。

可是小小的鹪鹩却镇定自若。

"那么，我先问你，鹰哥，太阳是从东边出来的呢？还是从西边出来的？"

"这还用说吗，当然是从东边出来的。"

"我认为是从西边出来的。要不，咱们就等太阳出来吧！"于是，老鹰就面向东边的山沟；鹪鹩面向西边的山沟。等啊，等啊，一会儿太阳从东方升起了，可是，因为是在深山里，阳光却先反射到山的西边。刹那间，万丈金光照亮了山沟。

"你瞧，太阳从西边出来了。"鹪鹩高兴地说。

它胜利了，骄傲的老鹰后悔极了。

"来，咱们到山里去捉野猪吧。"老鹰向鹪鹩提出了难题。当然喽，具有锐利爪子和尖嘴巴的老鹰是不难抓住野猪的。可是，这对小小的鹪鹩来说，却是一个天大的难题。令人奇怪的是，鹪鹩却没有拒绝，它点点头，朝着山脚下的原野飞了过去。

这时，在原野的丛林深处，一头野猪正躺着。鹪鹩就乘机钻进了野猪的耳朵里，而且，还悄悄地在里边转来转去。

"啊，痒死了。"只见野猪惊慌失措地跳了起来，接着便拼命地在地上转着圈子。"行行好吧，该停下啦……"

野猪一面摇着头，一面不停地转着转着，后来它支持不住，终于向着树丛倒了下去。说来也巧，野猪仰天摔跤的时候，头撞在了石头上。

"哎呀！"转昏了头的野猪发出一声惨叫，终于糊里糊涂地死去了。

这时，鹪鹩从野猪的耳朵里飞了出来，高兴地向老鹰招呼着说："鹰哥，鹰哥，我抓住了一头野猪。"

老鹰见小小的鹞鹰竟然抓住一头庞大的野猪，真是惊讶极了。

为了显示自己的能耐，老鹰高声叫道："来，看我一下子抓住两头野猪吧！"

说着，它展开翅膀，飞向高空。忽然，老鹰发现山那边有两头野猪正躺着。它高兴极了，猛地一下扑了过去，用左右两只爪子各抓住一头野猪。这突如其来的袭击使两头野猪惊醒过来，它们拼命挣扎着，各自向东西两个不同的方向逃走。刹那间，老鹰的身子就被两头野猪撕裂了。

心灵 寄语

人高大不一定是强者，人矮小不一定就是弱者。每件事只要经过努力，用脑去思考都会成功的。

朝三暮四

王新龙

　　宋国有个喜爱猴子的被人称为狙公。他很喜爱猴子，在家里养了大大小小许多猴子。他能够了解猴子的心理，猴子也能懂得主人的心思。狙公情愿节省家里的口粮，来充当猴子的饲料。不久，他家里的口粮快要吃完了，打算限制一下猴子的粮食，狙公担心猴子不顺从自己，就先哄骗猴子说："今后给你们栗子吃，早上三个，晚上四个，行不行呢？"猴子们听了都跳起来，非常生气。

　　过了一会儿，狙公又说："今后给你们栗子吃，早上四个，晚上三个，这回行了吧？"猴子们一听都趴在地上，非常高兴。

心灵寄语

　　人们要注重实际，防止被花言巧语所蒙骗。反复无常、办事经常变卦、不负责任的人不能信任。

以羊替牛

依 雪

　　古时候，人们每到一定的日子，都要在祠庙里举行一种祭祀仪式，以表示对神灵的虔诚，求得神灵的庇佑，这种祭祀仪式叫"祭钟"。每逢祭钟时，不是要杀一头牛，就是要杀一只羊，然后将牛的头或者羊的头用大木盘子盛放在祭神的供桌上，人们就站在供桌前祈祷。

　　有一天，齐国都城里来了一个人，他牵着一头牛从皇宫大殿前走过。这时，恰值齐宣王在大殿门口看见了，命人叫住那牵牛的人，便问道："你打算把这头牛牵到哪里去呢？"那人回答说："我要牵去宰了用来祭钟。"

　　齐宣王听了后，看了看那头牛，然后说："这头牛本来没有罪过呀，却要白白地去死，看着它那吓得颤颤抖抖、哆哆嗦嗦的样子，我真不忍心看了。把它放了吧！"

　　那个牵牛的人说："大王您真慈悲，那就请您把祭钟这一仪式也废除了吧？"

　　"这怎么可以废除呢？"齐宣王严肃起来，接着说，"这样子吧，就用一只羊代替这头牛吧！"

心灵 寄语

　　杀牛和杀羊都是屠杀生命。对牛的怜悯与对羊的残忍在本质上是一样的，都不能算是仁慈。齐宣王的以羊替牛只不过是骗人的把戏，可见他的虚伪。

凿壁借光

佚 名

西汉时，有一位著名的学者，名叫匡衡。

匡衡年轻的时候家境贫寒，甚至连蜡烛都买不起，一到夜晚，屋里就漆黑一片，伸手不见五指。

匡衡很好学，也很想读书，但是没有亮光，怎么办呢？

他见隔壁人家点着蜡烛，就在墙壁上悄悄地凿了一个小孔，让微微透过洞口的烛光映在书上，就这样，他常常学到深夜。

他们乡下有个大户人家，目不识丁，但是为了满足虚荣心，家里有很多藏书，但是他从来都不看。

匡衡听说后，就卷起铺盖上他家去做佣工。每天起五更，睡半夜，辛勤地工作，却不要一个工钱。

主人家很奇怪地问他要什么，他说："只要能读遍你家的藏书，我就满足了。"

主人很感叹，就把书借给他读，匡衡就这样勤奋读书，后来成了西汉有名的学者，汉元帝在位时还做过丞相。

心灵寄语

即使条件再艰苦，只要有刻苦勤奋的精神一样可以取得成功。

楚人渡河

平 南

楚国人准备偷袭宋国，进军的线路是打算渡过滩河抄近道走，以便趁宋国人在没有防备的情况下一举获胜。

楚国经过周密谋划，先派人到滩河边测量好水的深浅，并在水浅的地方设置了标记，以便偷袭宋国的大部队能沿着标记顺利渡河。

不料，滩河水突然大涨，而楚国人并不知道这个情况。部队在经过滩河的时候依然照着原来作的标记渡河。加上又是夜间，结果士兵、马匹大批地进入深水、旋涡，使楚军措手不及。他们被湍急的滩河水搅得人仰马翻、惊骇不已。漆黑中，滩水里人喊马嘶、一片混乱，简直像数不清的房屋在倒塌一般。就这样，楚国军队被淹死一千多人，侥幸没死的也无法前进，只好无功而返。

先前，楚国人在设置标记的时候，当然是正确的。如果河水不涨，他们是可以依照标记渡河的。可是后来，情况变了，由于河水暴涨，水位升高了许多，而楚国人在不了解变化的情况下仍按原来的线路渡河，当然只能惨败。

心灵 寄语

　　情况是在不断变化的，人的认识也应该随着客观情况的发展变化而变化。人们必须随时根据新情况采取相应的措施，否则就会吃亏、跌跤。

酬谢救火之人

雅 青

做事要有预见性，要防患于未然。要听取别人的忠告，能给自己忠告的人才是真正的朋友。

有一位客人去拜访旧友，发现他朋友家炉灶上的烟囱砌得太直，灶旁又堆了许多柴草，慌忙劝他朋友说："你应该把烟囱改砌成弯曲形状，把柴草搬开，离灶远一点儿，不然的话，将会引起火灾的。"

他的朋友没有把他的话听进去。

没过多久，他的朋友家果真失火了。幸亏邻居们及时赶来奋力抢救，才把火扑灭了。

于是，主人宰牛摆酒，酬谢救火的人们，请那些救火时受伤的人坐在上席，其他救火的人也都被请来依次入座，偏偏没有请早先那位劝告他改灶搬柴的客人。

有人对主人说："假如你当初听从了那位客人的忠告，改砌了烟囱，挪开了柴草，就不会有这场火灾了。今天论功请客，为什么倒把他忘了呢？"

那人恍然大悟，立刻去请那位客人来。

心灵 寄语

对可能发生的事故应防患于未然，消除产生事故的因素，还应该多多听取别人正确的建议，问题解决时也不要忘了恩人。

纪昌学射箭

李光辉

飞卫是古代的一位射箭能手。有个叫纪昌的人拜飞卫为师，跟他学射箭。

飞卫说："你先要学会看东西不眨眼，然后才可以学射箭。"

纪昌回到家里，仰面躺在妻子的织布机下边，两眼直盯着来去不停的梭子。这样坚持练了两年，即使锥子刺他的眼睛，他的眼睛也不会眨一眨。纪昌告诉飞卫，他的眼睛已经达到了要求。

飞卫说："还要把眼力锻炼好才行，只有练好了眼力，我才可以教你学射箭。你要练到能够把微小的东西看得很大，把模糊的东西看得清晰才行，到了那时候再来找我。"

纪昌便用一根牛毛，系上一只虱子，悬挂在窗口，目不转睛地看着它。十天之后，那虱子渐渐变大了。三年之后，大得好像车轮，再看其他的东西，简直都像巨大的山丘了，他抓起良弓利箭朝那只虱子射去，不偏不倚，正好穿过虱子身体的中心，而悬吊虱子的牛尾毛却没有被射断。

纪昌把这件事告诉了飞卫。

飞卫掩饰不住内心的喜悦，向纪昌庆贺道："你的射箭水平已经超过我了！"

心灵寄语

要学好本领，必须苦练基本功，必须持之以恒。只有坚持不懈地练习，才能精通。

五十步笑百步

夜 薇

　　战国时期，魏惠王为了掠夺别国的财富，经常在跟别国军队交战时，把自己的百姓驱上战场，弄得老百姓怨声载道，惠王也因为此事十分烦恼。

　　一天，孟子来到他的国家，惠王素闻孟子的大名，喜出望外，想趁着这个机会向他请教一下。

　　于是他问孟子："对于国家，寡人总算尽心了吧！河内荒年的时候，我就把河内的灾民移到河东去，把河东的粮食调到河内来。河东荒年的时候也是这样。我看邻国的君王还没有像我这样尽心地爱护百姓。可是，邻国的百姓并未减少，我的百姓也未加多，这是什么缘故呢？"

　　孟子知道其实惠王和其他国家的君主一样都好战而不关心百姓的死活，他们的本质是一样的，只是程度不同罢了。于是回答说："大王喜欢打仗，我就拿打仗来作比喻吧，打仗的双方，在战鼓一响，兵器一接触以后，一方败了，就丢掉兵器逃命。假如有的逃了一百步不跑了，有的逃了五十步不跑了。这时候，这个逃了五十步的人就嘲笑那个逃了一百步的人，说他胆小怕死，你看对不对呢？"

惠王说："当然不对，那人只不过没有逃到一百步，但也同样是逃跑呀！"

孟子说："大王既然知道这个道理，怎么能希望你的百姓比邻国多呢？"

心灵 寄语

人要有自知之明，有时候自己跟别人有同样的缺点错误，只是程度上轻一些。不要毫无自知之明地去讥笑别人。

婢女摔罐

佚 名

很久以前，有一家的媳妇受到婆婆的责怪，一气之下跑进了森林，爬上一棵大树藏了起来。这树的下面是一个池塘，她人在树上，影子却倒映在池水中。

这时候，有一个婢女顶着罐子，到池塘边打水。她低头看见水中的影子，以为是自己的，端详了一会儿说："如今我的容貌变得这样端庄秀丽，干吗还要替人家拿着罐子打水？"她就把罐子打破，返回家中，愤愤地对大家说："我如今容貌这么漂亮，为什么还要让我去打水？"

大家一听乐了，说："这丫头怕是鬼迷心窍了，不然怎么做出这种事来？"

主人也不跟她计较，就又拿出一个罐子，让她去打水。这婢女到池塘边又见到那个影子，心里一气，就又把水罐给摔了。这时，躲在树上的那个俊媳妇把一切都看在眼里，终于忍不住微微笑了。婢女正在生气，见水中的影子笑了，才猛然醒悟。她抬头一看，见树上有个女子正朝她微笑。原来水中那秀丽的面容、华美的衣服都不是自己的，婢女羞愧得说不出话来。

心灵寄语

假象往往很美丽，但毕竟不是真实的，要及早醒悟。

埋两头蛇

凌 荷

孙叔敖是春秋时楚国的宰相，在楚国为相数年，将楚国治理得井井有条。这里讲的是他小时候一个舍己救人的故事。

在他还是小孩的时候，就经常听村里的老人们坐在树下讲故事，令他印象最深的就是：蛇是神仙，如果在路上看见或打死两头蛇，就会大祸临头。

有一次，孙叔敖跟村里的小伙伴们出去玩耍，他看见路上爬着一条两头蛇，他回头看了一下，看到别的小朋友离得都比较远，他们看不见那条两头蛇。他怕等一下小伙伴们走近了见到以后会害怕，于是他连忙拾了块石头，把两头蛇打死，又远远地埋在田野里。

叔敖回到家，就牵着妈妈的衣角哭起来。妈妈很奇怪，问他为什么哭。

叔敖说："刚才我和别的小伙伴们出去玩，看见两头蛇了，我怕它会吓到别的小朋友，所以我就把它打死了，我恐怕要死了，再也看不见妈妈了。"

妈妈慌忙问："两头蛇现在哪里？"

叔敖回答："我怕别人再看见，把它打死埋掉了。"

妈妈高兴地摸着叔敖的头说："不要怕，孩子，你不会死的。你做了一件好事，上天会给你以好报的。"

后来，孙叔敖做了楚国的令尹，还没有上任，全国人民就都已相信了他的仁德。

心灵 寄语

孙叔敖小小年纪，却愿意为了让小朋友们不被两头蛇吓着，而甘愿冒着当时所谓的"生命危险"去打死两头蛇，其善良、勇敢怎能不博得所有人的信任与拥戴呢？

孟贲言勇

冬 瑶

孟贲是战国时代著名的勇士，他在战场上出生入死，从无畏惧，总是勇往直前，所向披靡，因而常常使敌人闻风丧胆，望风而逃。

于是，有人问孟贲："生命与勇敢相比，您认为哪一个更重要呢？"

孟贲不假思索地回答："勇敢！"

"那么，拿显赫的官位与勇敢作比较呢？"

"还是勇敢！"孟贲的回答斩钉截铁。

"若用万贯家财与勇敢相比，您认为什么更重要呢？"

孟贲的回答仍是毋庸置疑："勇敢！"

要知道，对于每一个人来说，生命、升官、发财，这三者都是极其宝贵而且难以得到的东西呀！可是，在孟贲看来，它们都不可能取代人的勇敢品质。在那个诸侯纷争的年代里，孟贲之所以能威镇三军，降伏猛兽，英名远播，这实在是与他在任何情况下都能勇敢面对各式各样的挑战与诱惑所分不开的呀！

凡是想有所作为的人，都要能不受虚名浮利的干扰，执着地追求自己所迷恋的事业，并做到勇敢地为之献身，这才是获取成功的一个最重要的前提。

飞蛾扑火

妙 枫

　　一天夜里，林子和客人一起坐在院子里乘凉，天很黑，四周十分安静，只有一只蜡烛在闪着亮，林子同客人一起谈古论今，大家都对人生感叹不已。

　　这时，一只蛾虫扑打着粉红的翅膀，绕着烛光飞来飞去，还发出细小的嘶嘶声，林子用扇子驱赶飞蛾，它便飞走了。可是刚过一会儿，它又飞过来了，林子又用扇子赶走蛾虫，它飞走不一会又飞回来，而且一个劲儿地朝蜡烛火不顾一切地扑过去，这样赶走又飞来，赶走又飞来，反复七八次了。终于，蛾虫的翅膀被烛火燎焦了，它再也飞不动了，落在地上，但还在不甘心地挣扎着那已经烤得残破的翅膀，直到没有了一丝气息为止。

　　看了飞蛾的这般情景，林子感慨地对客人说："你看这飞蛾扑火该多愚蠢哪！火本来是烧身的，可是它偏偏要不顾死活地去扑火，落得这般下场！"

　　客人也有同感地叹道："谁说不是呢？可是，人比飞蛾更甚哪！"

　　林子说："是的，世上的声色利欲，引得人们拼命去争夺追逐，何止像这飞蛾扑火？那些循此道路而不怀疑、毁灭了身躯而不后悔的人，岂不是也像这蛾虫一样可悲可怜又落人讥笑吗？"

心灵寄语

　　人们追名逐利，正如飞蛾扑火一般。飞蛾扑火被人们笑其愚蠢；而那些追名逐利以至于身败名裂的人，不是更加可笑吗？

偷　牛

安　玉

　　某地有个村子，有一次，全村人合伙偷了外村人的一头牛，回来又合伙杀吃了。丢牛的人跟着脚印追寻，来到了这个村子。他把村里的一个人找来，想打听牛的下落，问道："你在不在这村子住？"

　　偷牛的人回答："我们这里压根儿就没有村子。"

　　丢牛的人问："这村子里有个水池，你们是不是就在水池边一块儿把牛宰吃了？"

　　偷牛的人回答："村里没有水池。"

　　又问："水池旁边有树没有？"

　　回答说："没有树。"

　　又问："偷了牛，你们是不是打村子东边回来的？"

　　回答说："没有东边。"

　　又问："你们偷牛的时候，不正是中午吗？"

　　回答说："没有中午。"

丢牛的人说："纵然可以没有村子、没有水池，甚至没有树，可天下怎么会没有东边、没有中午呢？可见你说的全是谎话，没一句可信的。老实告诉我，你偷牛吃了没有？"

偷牛的人回答说："实在是吃了。"

谎话没有事实根据，不能自圆其说，最终一定会被识破。

苦命的翠鸟

赵德斌

翠鸟原先居住在森林和峡谷，但人类不断地捕捉她，使她无处安身，她只得一次又一次地迁居，最后选择在最荒僻的地方筑巢、繁殖后代。

翠鸟快分娩了，就飞到一个渺无人烟的海峡边缘，瞧见一块大礁石耸立在海面。

"我住在这儿，总不会再受到人类伤害了吧！"翠鸟想道。于是，翠鸟便在那岩顶筑起了窝，生下了小鸟儿。

雏鸟平平安安地长大了，翠鸟打心里感到高兴，因为她不用再提心吊胆有人来掠走她的孩子了。

不料有一天，刮起了大风，海面上顿时掀起巨浪，滔滔白浪一个接一个翻滚过来，吞没了耸立在海岸的巨石，卷走了鸟窝。

等翠鸟觅食回来，看见眼前的灾难时，不禁惊呆了，一屁股跌坐在石块上，悲痛地啼鸣起来。

"我真命苦哇！"翠鸟哭诉道，"我离开大陆，是因为那里的人都捕捉我。

我被迫来到大海，可大海却又对我不讲信义。"

心灵 寄语

　　十分小心谨慎地防备敌人，却不知道有时会落在比敌人更厉害的"友人"手里。

敬　启

　　本书的编选参阅了一些期刊报纸和著作的文字以及图片，由于多种原因我们未能与部分入选文章和图片的作者（或译者）联系。敬请原作者（或译者）见到本书后，及时与我们联系，我们将按国家有关规定支付稿酬并赠送样书。

编委会

邮箱：chengchengtushu@sina.com